III 上
柳野かなた【畫】輪くすさが
世界盡頭的聖騎士
鐵鏽之山的君王
A boy was be reborn the Deadman's lan

——何謂勇氣？

『技工與火焰之神布雷茲，問日』

序章

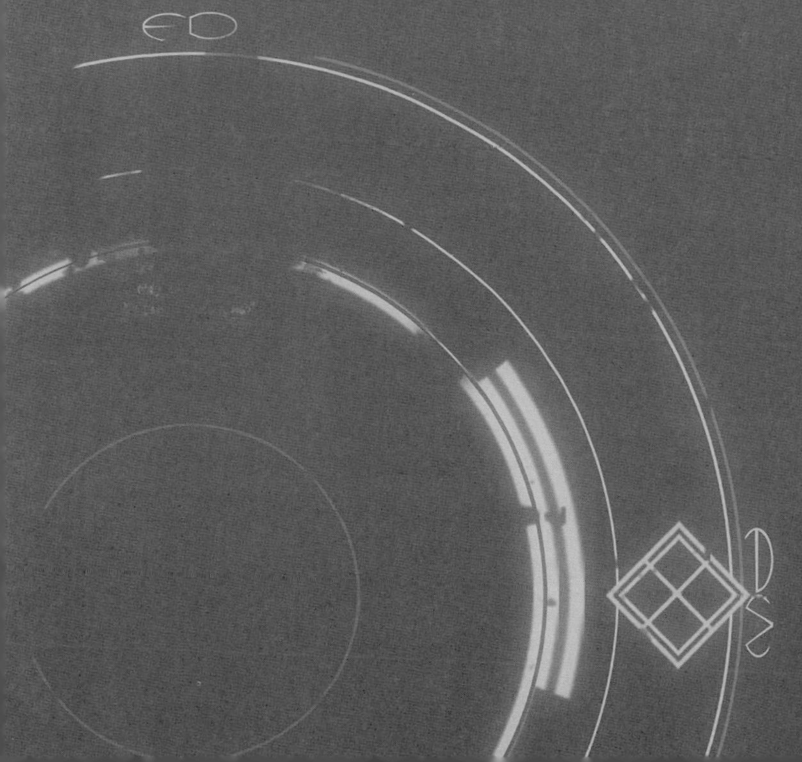

在《獸之森林(Beast Woods)》深處，偉大的森林之主《柊木之王》的王殿中瘴氣瀰漫，到處是腐敗的樹葉與枯朽的樹木，宛如一片地獄。

通往王殿中樞的路上，畸形的人影——被稱為《落子(Spawn)》的下等惡魔不斷成群出沒。

與現場氣氛格格不入的爽朗陽光下，我們疾馳在讓人會聯想到腐屍肋骨的枯樹林之中。

「梅尼爾！」

「好！『無所不在的妖精啊，幽幻之存在啊，與夕陽與朝霧嬉戲之存在啊——』」

飄盪一頭銀髮、停下腳步的梅尼爾，張開雙臂對靈精們高聲呼喚。

我聽著他從背後傳來的聲音，並舉起愛槍《朧月(Pale Moon)》繼續前進。

「『醒來吧！汝等溫柔的庇護者，森林之王正面臨危機！此刻正是報恩之時！』」

在這座瘴氣瀰漫、自然力量衰弱的王殿中，失去力氣、意識迷離的妖精們因梅尼爾強力的呼喚而清醒，取回了自我。

彷彿是被梅尼爾嘹亮的呼喚聲吸引似的，連我也能感受到妖精們開始聚集到他周圍的氣息。

強大到教人背脊顫抖的自然力量開始往梅尼爾身邊凝聚。

「『握起利刀，架起弓箭！火蜥蜴(Salamander)之矢，土妖精(Gnome)之槌，水少女(Undine)之槍，風少女(Sylph)之

刃……』」

我感受著他的可靠，同時對襲來的敵人揮舞短槍。

外觀宛如人型黏土被小孩子恣意亂捏的《落子(Spawn)》們接連被我刺穿。

「『就在此刻，吹起開戰的號角！對傲慢的侵略者——』」

詠唱進入最後階段。我帶著吶喊用盾牌衝撞，將一隻《落子(Spawn)》撞飛到逼近眼前的惡魔群中，接著往斜後方大大跳開——

「『——施予四大制裁！』」

就在那瞬間，我眼前爆出大量的死亡。

突然射出的火焰箭矢有如熟練弓箭隊的齊射般掃蕩敵人。

從地面冒出巨大的岩石重槌揮散瘴氣，將惡魔們一一擊倒。

汙泥中噴出清水，劃出螺旋軌跡射穿惡魔胸口。

在視野遠處也可以看到狂掃的強風利刃吹散瘴氣的同時砍下敵人的首級。

是妖精們呼應梅尼爾的號召，帶著凶猛吶喊發動的總攻擊。

「威爾，我們上！」

「了解！」

穿越被一掃而空的《落子(Spawn)》們，踏過惡魔們的屍骸，我們快步趕往更深處……

汙染《柊木之王》的王殿，使森林循環被擾亂的某種存在，肯定就在前方。

我們踏在掉落地面的腐葉上，不斷奔馳。

結果就在快到王座時，我們看到一座古老的石造拱門前方有兩隻惡魔。

兩者都有著宛如人類與鱷魚混雜的外觀，一隻手中握著帶鉤的長槍，另一隻握著銳利的長劍。身高約兩公尺左右。

使人聯想到恐龍的頭部，強韌的鱗片與橡膠般的外皮，厚實的肌肉。長長的尾巴末端長有尖銳的刺棘。

——是《隊長級（Commander）》的惡魔，維拉斯庫斯。

「小心尾巴的尖刺！」

「好！拿槍的那隻就交給你了！」

我們簡潔交談後，往左右散開。維拉斯庫斯們也彷彿呼應我們似的，分頭各自朝我們衝來。

我吸一口氣放慢腳步，最後停下來擺出架式。

接著將短槍的槍尖舉向快步衝來的維拉斯庫斯——接近到攻擊距離邊緣的維拉斯庫斯頓時感到困惑般停下了腳步。

「…………」

對方有如爬蟲類的眼睛瞥了一下後，作勢要刺出鉤槍，並試圖繞到我的左邊或右邊。但是我微微移動步伐，繼續把槍尖對著他。

維拉斯庫斯頓時發出焦躁的呻吟。

……他抓不到可以攻擊我的機會。

我挪動著腳步保持雙方距離，忽然，以不容易觀察出來的程度微微放鬆架槍的姿勢，製造破綻。

結果一如預測，維拉斯庫斯朝我的破綻刺出鉤槍……

「喝！」

我立刻用短槍纏住並扯掉對方的鉤槍，並順勢回敬一槍。

槍尖一口氣貫穿維拉斯庫斯堅硬的鱗片，刺到心臟。

「嘎……！」

迅速把槍收回後，我不給對方反擊的機會，又刺出保險起見的第二槍。

對這種等級惡魔來說，『致命傷』的基準線經常會比人類高出好幾級。就算心臟被刺穿了還能繼續戰鬥也不值得驚訝。

我把槍拔出來觀察了一下後，全身虛脫的維拉斯庫斯巨大的身體跪到地上，倒了下去。

屍體漸漸化為灰燼。

「呼……」

就在我鬆了一口氣的時候，腦中忽然響起教人懷念的聲音。

——如果是我就直接衝上去砍了對方的腦袋，然後就結束啦！

我不禁露出苦笑。這是我父親布拉德以前有一次講到維拉斯庫斯的強度時說過的話。

……很遺憾，我現在還沒有達到那樣的境界。

雖然我不知道究竟還要累積多少鍛鍊才能追上布拉德，不過——我想應該沒有遙遠到連背影都看不見的程度才對。

「喝啊！」

梅尼爾那邊也分出勝負了。

雙方互相試探對手幾招之後，維拉斯庫斯擺出不惜犧牲自己一隻手臂的姿勢朝梅尼爾衝過去，卻忽然被土妖精諾姆從背後抓住腳踝，當場失去平衡。

……梅尼爾並沒有詠唱咒語。他和妖精們達到完全的交流感應，互通心思。可說是高手才能辦到的技術。

梅尼爾接著大膽衝到對手面前，把短劍插入對手身體後，透過短劍傳導發動了某種咒語。

維拉斯庫斯霎時全身痙攣，冒出白煙倒下……解決掉了。

「好……這個我順便收下啦。」

從對方化為灰燼崩落的身體中，梅尼爾眼明手快地搶走長劍。

鋼鐵製的直劍綻放亮眼的光澤，是一把相當不錯的傑作。

「森林之主的祭壇……應該就在這裡面了。」

「既然《隊長級(Commander)》的惡魔會負責看門，意思就是……」

「嗯。」

裡面想必會有相當強大的對手。

我們互看一眼，再次感受緊張之後——穿過石造的拱門，踏入了《柊木之王》王殿的深處。

王殿內是一片腐臭瀰漫的毒沼。

在梅尼爾快速詠唱兩人份的《水上步行(water walk)》的同時，我也靠《耐毒的禱告(anti poison)》提升我們對毒氣的抵抗力。

仔細觀察可以發現，在凋零的樹木、折斷的樹枝與變色的樹葉如薄沙般遮掩的另一側，有一棵巨大的老樹。

雖然高度和周圍的樹木沒有太大差異，但樹幹明顯比其他樹木來得粗。粗壯到甚至讓人覺得用幾人合抱來形容都很愚蠢的地步。

如果站到近處，搞不好看起來只會像一面岩壁吧。

「梅尼爾。」

「沒錯，那就是掌管這一帶森林之冬的《柊木之王》。」

宛如波浪起伏的海面、又宛如一座座橋梁的粗壯根部蔓延在老樹周圍……它們就像是受到覆蓋地面的毒沼影響，有一半都被染成了黑色。

在那些漆黑的樹根上下起伏的部分，可以看到一座石造的祭壇被巨大的樹根圍繞。

「……就是那個吧。」

我們走近祭壇，聽到嘹亮的《創造的話語》傳入耳中。

「……！」

光從聲音就能知道，那是詛咒，是褻瀆。

憎惡、怨恨、憤怒、蔑視、嘲笑。有如將世上一切負面感情丟入鍋中熬煮沸騰而發出的聲響。

——是被稱呼為《忌諱話語（taboo word）》類型的《話語》。

善良的魔法師們封印在書庫深處，堅持絕不外流的祕密。使風淤塞、使水腐敗、使土乾燥，使火衰弱的詛咒話語。

有某種存在正發出這些不應該發出的聲音。

我們一邊警戒周圍，一邊接近。靠著《水上步行(water walk)》之術，我的腳伴隨波紋漂浮在毒沼的水面上。

「…………」

在那座巨大祭壇上面，有個張開雙手、詠唱話語的惡魔。外觀大致上類似人類。獸毛覆蓋在身體表面，肌肉粗壯發達。宛如在岩壁上粗暴刻鑿出來的堅硬臉孔。

……最為異常的，就是頭上長有讓人會聯想到駝鹿的巨大犄角。

那傢伙看到我們，便緩緩停止了詠唱。

「……守衛們是怎麼了？」

是流暢的西方共通語。

「你覺得是怎麼了？」

看到如此反問的梅尼爾手中那把長劍，長角惡魔「唔」一聲理解似地點點頭。

我頓時加速緊張。

「原來如此。依我推測，這位就是《世界盡頭的聖騎士(Paladin)》威廉卿，而另一位便是《迅敏之翼(Swift Wings)》梅尼爾多先生了。」

知性，還有情報收集能力。

和其他《士兵級(Soldier)》或《隊長級(Commander)》的惡魔們完全不一樣。

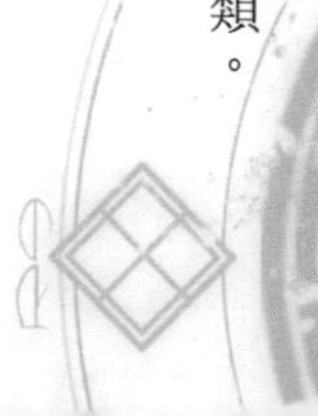

「《將軍級(General)》——科爾努諾斯(長角獸魔)。」

聽到我小聲呢喃，獸魔咧嘴一笑。

「兩位大名鼎鼎的勇士特地前來，事情就簡單得多了。」

霎時，周圍湧出大量氣息。

我和梅尼爾其實都早有隱約察覺——是埋伏。

宛如將雄鹿與公牛，或是將蛇與蜥蜴混雜出來的異形惡魔們，從四周巨大的樹根後面陸續現身。

「請你們死在這裡吧。」

隨著獸魔的聲音，惡魔們準備朝我們襲來——

「梅尼爾，這距離可以嗎？」

「足夠啦……剩下就拜託你了。」

梅尼爾緩緩伸手觸碰《柊木之王》染黑的根部。

「王啊。《柊木之王》啊。從夏至到冬至，統御森林的雙子王之一啊。」

他白皙的手背浮現出橡樹葉的紋路。

將雙手放在樹根上，閉起雙眼的梅尼爾，看起來就像在禱告的神官。

科爾努諾斯雖然察覺出什麼而趕緊向惡魔們發出指示，但已經太遲了。

「就讓我將您的兄弟王《橡樹之王》託付予我的——」

一股神祕的力量從梅尼爾的手掌流入樹根。

發黑而失去力量的根部以及老樹的樹幹開始漸漸發出如心跳般的脈動聲。

「——王身為王的力量獻給您吧。」

地面忽然震動。老樹的根部緩緩動起來，綁住可惡的惡魔們，將他們拖進毒沼之中。

惡魔們的慘叫與水聲迴盪四周，不久後又陷入一片寂靜。

「真有一套。沒想到你們已經先找過了《橡樹之王》……」

科爾努諾斯從祭壇上看著下方這片情景。

他短短一瞬間浮現的憤怒與動搖已經被壓抑下去。振作得真快。

「然而，只要你們無法打倒我，結果都是一樣。」

科爾努諾斯呢喃一句《話語》，將一把長柄戰斧拉到手中，擺出架式。

「我們會打倒你。為了這片森林……」

深吸一口氣，在說話的同時架起短槍後……

「——向流轉女神葛雷斯菲爾的燈火立誓！」

我往前奮勇衝出。

「哦哦哦哦哦！」

長柄戰斧擊碎祭壇一角，大量石片朝我飛來。

我趕緊用盾牌彈開，保護我自己以及背後的梅尼爾。現在他正在把《橡樹之王》託付給我們的森林王權移轉給《柊木之王》。

雖然不至於到完全沒有防備的程度，但還是難免有許多破綻。

「燈火啊，驅趕黑暗！」

我獻上禱告，在梅尼爾周圍構築出發亮的結界。

科爾努諾斯是個強敵。萬一他在戰鬥途中冷不防把攻擊矛頭轉向梅尼爾，我有可能會來不及搭救。

就在我為此施法而讓出一招的空檔時，科爾努諾斯選擇了詠唱《話語》。

「《從煙至火（De fumo ad fla）》——」

不過，那是個錯誤的選擇。

「《沉默吧（tacere）》，《嘴巴（os）》！」

我抓準時機放出的話語，讓科爾努諾斯的嘴巴緊緊閉上。

下個瞬間，伴隨一陣轟響，在他周圍有如爆炸般噴出強烈的毒煙與大火。

——《話語》失誤走火。是我刻意讓對手引起的。

「想要殺掉強大的魔法師最好的機會，就是在那個魔法師詠唱大魔法的時候。」

這是古斯的教誨。當沒有確信可以詠唱到底的時候，絕對不要詠唱什麼冗長的《話語》。

……然而，這似乎也在對手的預料範圍之內。

毒煙向左右蔓延。我朝右邊衝刺，往煙霧內刺出短槍。

尖銳的金屬聲響傳來。對手揮出的長柄戰斧與我的短槍互抵，發出軋軋響聲。

「唔……緊接在集中精神禱告之後，竟能立刻看穿《話語》的性質並介入干涉。」

一陣風吹過，讓毒煙漸漸散去。

我不禁皺起眉頭。因為科爾努諾斯身上看不到任何明顯的異常。

「了得。了得。」

——他恐怕是對毒與火焰，或者說是對魔法現象擁有完全的抗性。就是因為知道即使自爆也沒問題，才會毫不猶豫詠唱大魔法的。

如果能詠唱到底就好，但若是失敗也能當成煙幕。不會有損失的二選一。然後他利用這片煙霧，朝我接近而來。

正因為擁有極為強大的抗性，而且知道我是使用祝禱術與魔法戰鬥的類型，讓他能夠如此從容不迫並預測出行動。

……這敵人可以說是相當棘手。

但棘手時也有棘手時的對付方式。

「喝！」

我對手臂注入力氣。

「唔！」

面對我打算連同長柄戰斧一起推開的動作，科爾努諾斯立刻做出抵抗。

既然敵人對魔法具有抗性，靠肉搏戰解決掉就行了。

即便是布拉德他們以前交手過的那個惡魔們的《上王》，靠刀劍一擊還是有效的。

我不認為世上會有惡魔擁有比《上王》更強的抗性。既然帶有實體，管他是用砍的用刺的還是用捶的，總會有什麼物理性攻擊會有效。

「——！」

相抵的武器用力彈開。我們彼此退下一步後，在粗壯得有如道路的樹根上疾馳交鋒。相對位置不斷交替、變化，有時也會立體性交錯——接著伴隨一聲特別響亮的金屬聲音，我們又再度正面互推。

為了壓制對手的武器，短槍與長柄戰斧交叉互抵、扭轉，軋軋作響。

科爾努諾斯粗壯的手臂上浮現出血管，肌肉隆起。

我也踏穩下盤，緊咬起牙根，注入力氣——

「……！」

短槍漸漸壓下長柄戰斧。

「嗚……你是、人類嗎！」

科爾努諾斯神情大變。

話說，什麼叫『你是人類嗎』？也太過分了吧。

這只是鍛鍊出來的成果啦。

我緩緩吐氣後，進一步推出力氣。

「呼……」

「嗚、喔喔！」

相對於科爾努諾斯靠著忽然轉變施力方向，或是靠前後左右移動步伐等等伎倆想要瞞過劣勢，我則是始終只靠著蠻力推向對手。

……對方大概是沒什麼正面互推時處於劣勢的經驗吧。

光用那些明顯表現出動搖且不熟練的小伎倆，是無法對付我的。

我靠著徹底鍛鍊出來的力氣不斷往前推，再往前推。

——真正要使用招式，應該是在這時候。

「喝！」

我一口氣翻轉短槍。

往上彈開的槍頭不偏不倚地命中了獸魔巨大的犄角。

「！」

我故意沒有使出強到會擊碎的力道，而是把他那有如駝鹿的長角前端往上頂起。

……好啦。

假設一個人類外型的生物頭上長有巨大的犄角，而那個犄角前端被用力頂開時──脖子會如何？

「嘎……」

答案是：會大幅扭曲。

這完全是物理作用，無從抵抗。

我緊接著又用槍頭纏住對手的犄角，用力一扯，科爾努諾斯便徹底失去平衡了。因為犄角被拖來甩去的結果，讓他脖子不斷被扭轉，難以保持平衡感。

就像單腳站立時看向正上方會忽然提升難度一樣，脖子的角度與平衡感之間的關係密不可分。

當脖子被別人強硬扭轉時能否繼續保持平衡，根本不需要實驗就能知道了。

……我緊接在扯倒對方的動作之後，順勢用力**揮下**短槍。

所謂的槍並非只是拿來突刺的道具。

只要把長兩公尺以上、硬度強到足以承受大力撞擊的棒狀物使勁往下一揮——加上離心力，就是一把凶惡至極的鈍器了。

短槍當場捶中對手。

犄角與頭蓋骨碎裂的聲音與手感傳來。

「……咕、喔喔喔喔喔喔喔喔！」

即便如此，獸魔依然繼續凶猛抵抗，真不愧是《將軍級(General)》的惡魔。然而——那抵抗最終也沒有持續太久的時間。

就在我確認獸魔化為灰燼，並回收對方留下的長柄戰斧時，梅尼爾也完成了他的任務。

「……好。」

我因為一路匆忙而遲遲沒有注意到，梅尼爾的臉色充滿疲勞。一頭銀髮髒得失去光澤，而且不知是否是我多心，總覺得他臉頰也看起來變得有點消瘦。

畢竟這次的事件中，梅尼爾是擔任最辛苦的角色。會這樣也是當然的吧。

……夏至那天，不合季節的雪花蓮大量綻放，成為了一切的開端。

幾天之後，接著又是果實爛熟腐敗，樹木胡亂生長或枯萎——最後發展為甚至連野獸和妖精們也發狂暴亂的異常事態。

從早期就發覺異常的梅尼爾當時一臉苦澀地說：「森林被搞亂了。」

——剛好路經《白帆之都（White Sails）》的我們受到埃賽爾殿下請託，便接下了解決問題的任務。

然後我們前往的場所，是《橡樹之王》的王殿。

根據梅尼爾的解說，這一帶的森林從冬至到夏至的期間是由《橡樹之王》統治，而從夏至到冬至的期間則是由《柊木之王》統治。

在太陽開始恢復光輝，一陽來復的冬至那天，《柊木之王》會將王權讓給《橡樹之王》。

隨著季節變遷，到了太陽結束最高峰的夏至那天，《橡樹之王》又會將王權再讓給《柊木之王》。

這片森林的自然就是靠著被稱為『雙子兄弟王』的這兩棵老樹之主間的關係在循環的。

我們基於這樣的原因，前往了《橡樹之王》的地方。

畢竟異常現象是從夏至那天開始，表示《橡樹之王》可能因為某種理由沒有交出王權，或是處於無法交付的狀態。

這是我們做出的推測。

……然而，實際上並非如此。

《橡樹之王》的化身出現後告訴我們，其實是森林深處另一座王殿的《柊木之王》陷入了無法接收王權的狀態。

正因為如此，即使過了應當交付的日子，王權卻依然留在《橡樹之王》手中，才使得森林發生了大量的異常現象。

強大的王權若是沒有在正確的時候交付給正確的對象，便只會散播危害。再過不了多久，森林的問題就會演變到致命的程度，造成即便花上漫長的歲月也無法完全恢復的傷害。

當我詢問是否有什麼方法可以放出王權後，《橡樹之王》回答了我：

就像對他而言的《柊木之王》，就像對《柊木之王》而言的他，如果沒有其他對象可以展現出足以匹配王權的力量，他就不會讓出森林的王權。

他的聲音聽起來已經放棄了一切，準備接受滅亡。

「……既然如此，就先託付給我吧。」

梅尼爾用堅定的語氣如此說道。

「偉大的《橡樹之王》啊，把你的王權暫時交給我。」

那太勉強了。《橡樹之王》說道。

如果是精靈神蕾亞希爾維亞創造出來的古代精靈還有考慮的餘地，但混有人血的你要背負沉重的森林王權，頂多只能承受一個月而已。

「只要能撐一個月就沒問題啦。剩下的問題就交給我和這傢伙來解決。」

《橡樹之王》沉默一段時間後，問道：

「但萬一《柊木之王》已經喪失不在，一個月後你的靈魂就會破滅了。」

「我想也是。」

「……為何你要做到那種地步？」

「因為我發過誓，要償還過去的罪惡，並邁步向前活下去。」

梅尼爾毫不感到羞澀地當著森林之王的面前如此說道。

「我透過拯救了恩人靈魂的朋友，向偉大的神明這樣發誓過。除此之外沒有其他理由啦。」

《橡樹之王》再度陷入沉默。

過了好一段時間後——他認可梅尼爾接受挑戰，宣告將予以試煉。

「接下來將進行的試煉，乃森林的祕密儀式。一旁這位強大戰士、魔術師、燈火之神的代行者，你並沒有參加的資格。」

「這點我明白。」

我和梅尼爾交換視線，互相點頭。

接著再度看向《橡樹之王》後，開口說道：

「無論需要多少天，我都會在這裡耐心等待的。」

「我才不會讓你等上那麼久啦。」

梅尼爾笑著叫我別擔心後，便跟著《橡樹之王》的化身進入了王殿的深處。

之後在王殿深處究竟發生了什麼事，梅尼爾遭遇了什麼樣的苦難，又是如何克服的，我並不清楚。

只知道隔天早上，他便回到了靜靜等待的我面前。

雖然臉色憔悴，但還是對我露出自豪的笑容。

接著，我們就立刻啟程前往《柊木之王》的王殿。

保管了森林王權的梅尼爾所到之處，一切樹木草叢皆不予阻礙，讓我們後來的旅途行進得極為迅速。

最終我們在《柊木之王》的王殿發現了成群的惡魔並將之擊敗——時間接續到現在。

「…………」

我總覺得最近這段時間，惡魔們引發的事件好像又增加了。

有些是我們親自出面處理，有些則是其他冒險者解決之後聽來的報告。各式各樣的問題都有……但現在居然連強大到足以突破森林之王的王殿並施予詛咒的惡魔都出現了，狀況有點嚴重。

究竟是發生了什麼事——某種令人焦急、好像看漏了什麼問題般難以言喻的不安漸漸湧上心頭。

正當我這麼想的時候……

「——汝等人子啊。」

耳朵忽然聽到了聲音。

仔細一看，在祭壇出現了新的人影。

——不，那可以稱之為『人』嗎？

至少可以確定的是，人不會有那樣像樹皮一樣的肌膚，頭髮和鬍鬚的部分更不會長出植物的葉子或藤蔓。

不過我和梅尼爾對於那外觀都有印象。

因為《橡樹之王》的化身也是類似那樣的長相。

「吾乃《柊木之王》。」

《柊木之王》的化身用柔和的語氣如此告訴我們。

「對於汝等討伐擊退入侵者的武勇，以及為了轉交遲滯的王權而來到王殿的勇氣，且讓吾由衷給予讚賞與感謝。不過……」

他接著又說道：

「現在必須先矯正錯亂的森林……稍待一會。」

語畢，王的化身便張開他的雙手。

從他口中如水流般滔滔湧出我無法理解的神祕詠唱。恐怕就是屬於森林祕密儀式的類型——是人類未知的《話語》。

詠唱開始後不久，大地便緩緩震盪起來。

以王座，也就是老樹《柊木之王》為中心的震動持續一段時間——等到緩緩停下的瞬間，變化出現了。

化為一片毒沼的周圍陸續噴出清淨的水流。

雖然梅尼爾暫時保管王權的時候也辦得到類似的事情，但規模完全不同。水流帶著有如海嘯般的氣勢，轉眼間就把毒稀釋、沖走了。

周圍因詛咒的邪毒而枯萎甚至倒下的樹木開始長出新芽，接著又快速成長為幼苗、幼樹、成樹，綻放出一朵朵夏季的花朵。

清爽的香氣將腐臭驅散後，接著以樹木們為中心長出花草與菇類，使受毒侵蝕的大地恢復了森林的精氣。

枝葉繁生，清風吹拂，陽光透過縫隙一閃一閃地灑落下來。

有如在看一段倒轉播放的膠捲影片般——萬物重生的景象震撼我的心靈。

就連梅尼爾也目不轉睛地看得入迷了。

「哇、啊……」

「森林之王、嗎……居然能夠把那樣誇張的力量像手腳一樣運用得這麼自在啊。」

梅尼爾保管王權的那段期間，每天晚上都在痛苦呻吟。

他幾乎沒有使用，只是讓力量暫時寄宿在自己體內而已，就痛苦到連祝禱術也無法治癒的程度。

這就是身為『森林之王』的存在與人的不同啊。梅尼爾說著輕輕聳肩。

然而……

「人與精靈之子啊，相信汝總有一天也會變得如此。」

結束了全部詠唱的《柊木之王》忽然如此說道。

「…………啥？」

「即便只是一時，但汝曾讓森林的王權寄宿於自己體內。流於汝體內交雜人與精靈的血與力量如今已傾向精靈，同時也漸漸接近《森林之王》的候補了。」

……欸？我忍不住驚訝得全身僵硬。

「但毋須擔心。那並非一朝一夕就會改變的東西。」

呃不，就算您說不用擔心什麼的……

連梅尼爾都僵硬不動啦。

「呃呃～請問這樣會如何？」

「只要不懈於鍛鍊，到汝遠超過百歲，歷經漫長的年月後……汝將會成為新的《森林之王》。」

聽到這邊，梅尼爾才總算恢復活動了。

他「啊～啊～」地翻找記憶般把手放在額頭上。

「這麼說來……我好像有聽故鄉那群精靈老頭們講過，受認可為《森林之王》的精靈會與王定下契約，當壽命將盡時會進入森林中往生。其身體將會化為一頭野獸，或是一塊巨岩，或是一棵樹木──」

而其靈魂將會成為統治森林的王。

「沒錯。汝已與吾之兄弟《橡樹之王》訂下了契約。」

「……我並沒有那種意思啊。」

「即便沒有那樣的意志，接下森林王權就是那樣一回事。年經的幼苗。」

「我可以拒絕嗎？」

「也不是不可以。若是汝希望，亦可選擇以人子之身死去。」

「……這樣啊。」

「此事不需急於現在決定，汝好好考慮吧。」

聽到對方這麼說，梅尼爾點頭回應。

他翡翠色的雙眼直盯著森林之王，表情非常認真。

「另外，人子啊，燈火的使徒啊……吾有件事必須告訴汝。」

「汝可知道西邊那幾座擁有大量紅褐色石頭的山群？」

《柊木之王》的視線接著又望向我。

「您是指……鐵鏽山脈嗎？」

據說那山脈的顏色是因為富含赤鐵礦礦床的緣故。

「沒錯。」

王的化身對我點點頭。

「在對於汝等人子而言不久後的未來……」

接著從他口中如泉水流出般——

「在鐵鏽的山脈，將會燃起災厄的黑火。烈焰擴散，恐會燒盡這塊土地的一切。」

冒出了這樣一段不祥的話語。

「那是、說……」

「方才那獸魔亦是來自鐵鏽的山群。那塊土地如今已化為惡魔們的巢穴。將山中居民的黃金當成睡床，巨大的邪炎與瘴氣之王貪眠之地。

無論汝等是要抵抗，要接受，要做好覺悟——那日子在不久後便會到來。」

從《柊木之王》口中道出的話語，帶著如預言般的沉重感在森林王殿中迴盪。

「……你不會做些什麼嗎？」

「若將迎接毀滅，那也是命運。」

對於梅尼爾的質問，《柊木之王》回應得很冷淡。

之前《橡樹之王》也是這樣，他們的性情基本上是比較被動的。

「對吾等而言，毀滅之火會續接至重生。即便人群再度離開這塊大陸，即便惡魔繁生，邪炎之王如何嘶吼——森林依舊會存活下去。」

在我們周圍，新生的樹木們以枯樹為苗床，隨風搖蕩著。

簡而言之，就是這個意思。

「因此，人子啊，年輕的幼芽啊，這是吾對汝等的忠告，是回報汝等的情義。」

也就是回報我們矯正了王權的異常，為森林無償戰鬥的這份人情。

然後……

「——就讓吾向汝等約定，今年秋季將會迎接豐收吧。」

如此宣告後，《柊木之王》的化身便消失了。

◇◆◇◆◇◆

「說是《森林之王》咧。」

回程路上，我們邊走邊聊著。

以前走在森林中的時候，梅尼爾總是會用妖精師的術法讓樹木為我們開路——不過現在該怎麼說呢，我們走在更誇張的路徑上。

樹木底下，或是巨岩間的縫隙。梅尼爾好幾次帶著我走進金色光輝的妖精們熙熙攘攘、景象缺乏現實感的小路中。

「走這邊。」

「沒、沒問題嗎？」

「沒問題啦——我知道。或者說，我變得能夠知道了。」

介於非人類的存在居住的幽世與我們居住的現世之間的境界。森林的神祕區域，妖精的小路。這些一般人要是不小心闖進去應該不會簡單了事的路徑，梅尼爾卻像是當成捷徑般一次又一次帶我穿過。

吹過的風彷彿閃閃發亮般清涼的空氣。

夜晚與白天瞬息交替，如動物般蠢動的枝葉比新綠的季節時還要色彩鮮豔而深邃濃密。

另外，我們進入的黑暗比現世的任何夜晚都要深濃。在那樣一片漆黑之中，妖精們一閃一閃地發出光芒，帶著笑聲來去飛舞。

這景象要說夢幻的確是很夢幻，但是——

「萬一我不小心跟梅尼爾走散，應該會很慘吧？」

到處可以聽到妖精們美麗卻又恐怖的笑聲。

那並非全都是歡迎的笑聲，當中也含有對身為異物的人類威嚇、輕蔑或嘲笑等等殘酷童話類型的笑聲。

「…………」

——異常強烈的瑪那力量在周圍流動著。

又如在施展強大《話語》時皮膚刺痛的感覺不斷傳來。

我忍不住嚥了一口口水。

「別擔心，我不會看丟你。就算走散了我也能把你找出來拉回去。」

「回得去啊……」

「沒錯。雖然不是我自願變成這樣就是了。」

看來一度接收過王權的影響現在依然留在梅尼爾體內的樣子。

他原本就是個非常優秀的妖精師，現在又提升了好幾個等級——或者應該說是被拉升的吧。

「我原本是打算靠自己鍛鍊的啦……」

梅尼爾心情複雜地小聲嘀咕，不過……

「算了，也罷。管他是別人給的還是怎樣，力量就是力量。只要加以熟練，化為自己的血肉，到頭來都是一樣。」

在這方面他還是一如往常地看開得很快。

不論是別人給的或是自己練出來的，力量就是力量。重點在於想要使用的時候能不能隨心所欲地使用。他大概是這樣的想法吧。

「這部分只要我今後慢慢嘗試就好──比較重要的問題應該是要成為《森林之王》那件事。威爾，你怎麼看？」

「我覺得是很厲害啦，不過內容的規模有點太大了，我其實也不是很明白。」

「就是說啊。」

走在我旁邊的梅尼爾，側臉看起來跟平常沒有太大的差異。

他還是一如往常地偶爾會觀察四周有無異常，按一定的步調走著。

「照《柊木之王》所說是遠超過百年之後……既然要等我生命走到盡頭，應該還要兩、三百年甚至更久……是那種規模的事情啊。」

實在讓人難以想像。

「到時候我都已經死啦。」

「是啊。」

梅尼爾點點頭後——

「然後我一邊當你的守墓人之類的，一邊看你子子孫孫們的將來……哎呀，等這些事情也都告一段落之後吧。」

「……原來你有那樣的打算啊？」

「我是有那樣的打算。畢竟你對我有很多怎麼還也還不清的恩情啊。」

聽到他這麼乾脆地說出這種話，我都不知道該怎麼回應才好。

因為我知道梅尼爾講得很認真，所以並沒有跟他玩鬧，而是默默點了點頭。

「不過仔細想想，等那些事情都結束後，讓自己和山林化為一體，感覺好像也不壞嘛。」

我靜靜聽著他呢喃。

「身為半精靈，總會有一天必須做出決定性的選擇。

看是要留在森林中，與水土一起活過漫長的歲月，親近靈精們的，精靈的生活方式。

或是活得像熊熊烈火般亮眼，又如一陣風般轉眼消失的，人類的生活方式。」

所謂的「選擇」，就是在兩種血族之間生下來的存在必須面對的宿命。梅尼而如此說道。

「消失在森林中，化為像那樣的一顆老樹，靜靜觀望你成就的事蹟將來的發展。然後慢慢枯萎、倒下，歸返輪迴——感覺也不賴。」

他笑了。

「我記得你之前在一場傳教會上講過『生在於死之中』……就是你還不熟練、講得很僵硬的那場。」

「啊，過分！就算表現得那樣我也是很努力的說……不過，嗯，我的確講過。」

「畢竟我壽命很長，而且一直都覺得反正死了就是死了，所以對你那些話本來沒什麼感覺的。但現在我總算多多少少能理解那個意思了。」

只要活著，最終無論如何都會總歸到死亡。

因此當一個人開始思考自己「想要怎麼死」的時候，必然也會總歸到「想要怎麼活」。

「……我想要看看你創下的成就到將來會如何發展。」

為了這樣選擇自己的生活方式也可以。

梅尼爾說著，對我露出有點笨拙的笑容。

那笑臉讓我不禁心頭一緊。

「……我或許不會做出那麼大不了的事情喔。」

「說笑。」

梅尼爾苦笑一下，聳聳肩膀。

「自從我們認識以後，你都已經幹下多少事蹟啦？徒手殺掉飛龍(Wyvern)，殺死奇美拉，後來又陸續創下好幾段冒險故事，惹得吟遊詩人們都為你瘋狂。這次又單挑擊敗將軍級的惡魔……光是到這邊就十足堪稱傳說啦。

……然後你接下來肯定還是會頂著那張呆呆的表情，繼續創造傳說對吧？」

他粗魯地拍打我的背。

「而我則是跟在你身邊一起戰鬥──如果能活到最後，就為一切故事畫下句點，消失到森林之中。當然，我到時候也會講些什麼有模有樣的臺詞，耍帥一下。」

「……那樣真的會變成傳說呢。」

「咱們兩人都是。感覺不賴吧？」

「嗯。」

我不禁認為，那或許是很有趣的未來計畫。

當然在戰鬥之中隨時都有喪命的可能，這樣的狀況下也難以預料誰會先離開人世。

不過假如兩人都活了下來，絕對是我比梅尼爾早過世。

那是沒辦法的事情──但我總覺得有點寂寞，也對他很抱歉。

然而，如果他能夠像這樣笑著想像未來的事情，那肯定也是「很不賴」吧。

「我說，威爾……你希望自己怎麼樣死啊？」

「其實我並沒有決定得像你那樣明確。」

梅尼爾頓時一臉意外地睜大眼睛。

「……我還以為你應該有想過很多的說。」

「其實啊……」

我一副很沉重似地嘆了一口氣。

「我是有想過很多，但現實中的變化速度太快了啦！」

然後好像一肚子怨憤無處宣洩般大叫出來。

「離開故鄉之後啊！不知不覺間就變成了騎士！不知不覺間甚至就被拱為領主！碧寫的詩歌聽說還傳到了北方的大陸……再這樣下去，我都完全無法預想自己十年後會變成怎樣啦！」

聽到我這麼說，梅尼爾哈哈大笑起來。

「人類的生命總是短暫又激烈，而你尤其是如此。這就是英雄的命運。」

「即使要當英雄還是什麼的都沒關係，就不能讓我好好計畫自己的人生嗎？」

「計畫自己人生的英雄，聽起來有夠不搭的，莫名讓人想笑啊。」

「過分！」

我們像這樣一邊鬥嘴，一邊說笑時——梅尼爾忽然停下了腳步。

他好像在確認什麼似的，盯著樹木之間什麼東西都沒有的一片黑暗之後……

「這邊吧。」

這位銀髮半精靈輕輕把手伸向樹與樹之間。

結果那些樹木彷彿是要讓路似地退開——從宛如水面般、熱氣般搖曳的空間中吹來一陣風。

在梅尼爾帶路下，我跟著往搖盪的空間踏出一步。

霎時，我感到某種像是穿過水中的神奇感覺——接著眼前豁然開朗。

「咦……」

左右兩旁沒有樹木，也一點都不昏暗。

抬頭一看，升到天空頂端的夏天太陽灑下一閃一閃耀眼的陽光。

是遠方可以看到積雲漂浮的晴朗夏季天空。

把視線往下移，就能看到柔和彎曲的小路不斷延伸向地平線，兩旁都是一塊塊綿延的田地，描繪出美麗自然色彩的拼塊藝術。

一陣風吹過田野，讓豐碩的麥穗隨之擺盪。

「呃，這裡、是——」

難道說……

「就是出了《獸之森林(Beast Woods)》後的《小麥街道(Wheat Road)》啊。」

「才一天耶！」

我大叫著環顧四周，這片景色的確有印象，就是《小麥街道(Wheat Road)》。

可是那座《王殿》應該在森林最深處才對啊。

光是直線距離就不知道有幾十公里、幾百公里的艱險路程，竟然短短一天就走過了？

「所謂《妖精的小路》就是這樣的路啦。雖然說只能到我自己知道的場所，並非哪裡都能去就是了。」

「如果哪裡都能去，根本就是兵器啦……森林的神祕，真是恐怖。」

在森林中絕對不要和精靈族起衝突。

我回想起布拉德教過我的這句話。

接著往前踏出一步——不經意又想起了另一件事。

「我當初和你認識，然後跟碧還有托尼奧先生一起穿出森林的地方，好像就是這裡吧？」

「是啊。」

微風吹過。

從麥田中傳來小麥沙沙作響的聲音。

「從我們認識之後，已經過了兩年啦……」

離開死者之街，結交到夥伴。

打倒飛龍(Wyvern)，成為聖騎士(Paladin)，擊敗惡魔們和奇美拉，後來也拚命努力——真是一段說長也不長、繁忙忘我的時光。

今年我已經虛歲十七了。

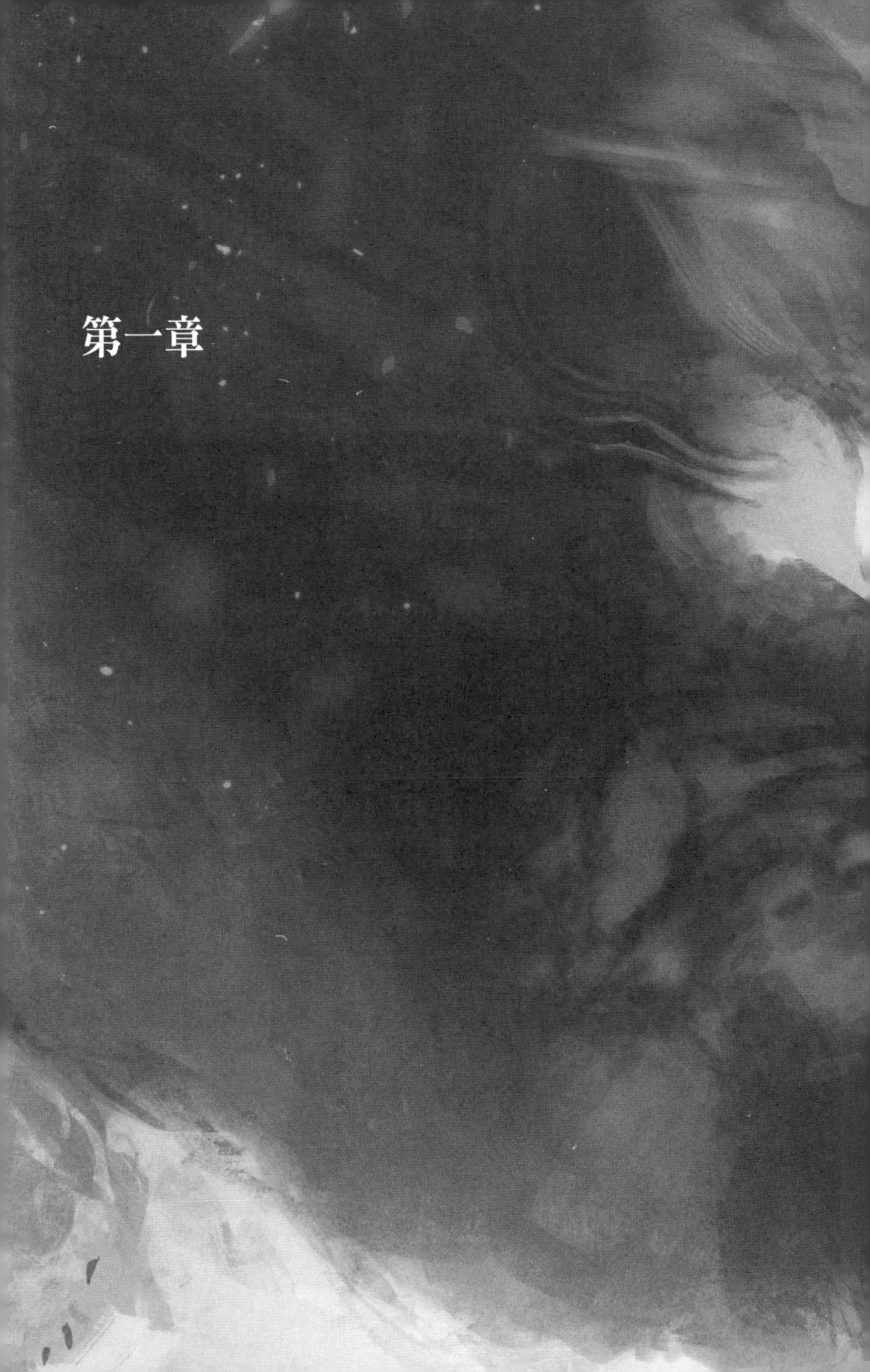

第一章

從藤架垂下的淡紫色藤花隨著微風搖曳。

這裡是相當於《南邊境大陸（South mark）》玄關口的都市——《白帆之都（White Sails）》。

位於都市中心的領主館，外牆即便是白色也顯得鮮豔，窗外花棚上綻放著色彩亮眼的夏季花朵。

「——這次的事情真的是辛苦你們了。」

在日照還算柔和的大清早，於領主館中庭的涼亭中，《白帆之都（White Sails）》的領主索斯瑪克公爵埃賽爾巴德殿下語氣嚴肅地如此說道後——

「不，應該說這次的事情『也』才對吧？」

他忽然放鬆表情，笑著開了個玩笑。

就在不太擅於巧妙對答的我猶豫著該說些什麼的時候……

「就是說啊，你有事沒事就叫人做牛做馬的。」

梅尼爾用輕浮的口氣如此回應。

「畢竟這位聖騎士（Paladin）大人好歹是我的臣下啊。」

「那麼關於你把根本不是你臣下的我也拖進來一起使喚的事情，又要怎麼說？」

「只要指派威廉卿行動，就會附加你這位英雄，實在划算。」

「我可不是攤販的贈品。」

「不過你是聖騎士（Paladin）大人的摯友。」

兩人間的應答你來我往。

「就像朋友會為了朋友挺身戰鬥，騎士也要為了人民與君主戰鬥──不是嗎？」

「奉獻、忠誠，表面上講得倒是漂亮，但實際上又是如何？強加過度的負擔只會讓人累積不滿。要是擔心對方會不會在內心深處其實怨恨自己，到了關鍵時刻就會難以開口拜託。這是人之常情吧？」

萬一遇上棘手的敵人又沒有這位英雄大人幫忙，還真不知道你們要怎麼辦勒。梅尼爾用誇大的動作比著我如此說道。

畢竟他和埃賽爾殿下之間並沒有直接的主從關係，而且他個性又大膽，不會顧忌小節。因此即便是面對王族，講話也毫不客氣。

雖然我不太記得他們究竟是在什麼機緣下開始對話的……不過就在不知不覺間，他們的對話越來越多。這兩年來，埃賽爾殿下和梅尼爾之間變得很常交談了。

「呵呵，確實確實，要是讓聖騎士(Paladin)大人逃掉的確很可怕。那麼我就提供十足的報酬，想辦法留住人心吧。」

「對對對，就是那樣的態度非常重要。如此一來這傢伙也會比較心甘情願對你效忠啦。」

埃賽爾殿下一臉愉快地笑著。看來他相當享受與梅尼爾之間的互動。

……另外讓人感到恐怖的是，就在剛才那段談笑之間，這兩人似乎同時在水面下進行著關於報酬的索取與砍價。

不知不覺間，怎麼好像變成要賜給我們獎賞了。

「等會我再把賞金與你們期望的東西送過去吧。話說回來，威廉卿。」

「啊、是，請問有什麼事？」

「我有件事情誠摯地想要和你商量一下……這位梅尼爾多先生，你可以送給我嗎？」

「欸？」

埃賽爾殿下露出一臉好像很認真的表情，一本正經地說著。

「不但是實力優秀的妖精師又是本領高強的獵人。而且還是不會衰老的半精靈，講話又不會顧忌小節……這樣的人才，我實在非常想要！」

「殿下，梅尼爾並不是物品啊。就算您跟我講您想要，說到底他又不是我的持有物。」

面對看起來真的很愉快的埃賽爾殿下，我只能帶著苦笑回應了。

「如果是梅尼爾自己希望侍奉殿下，就另當別論——」

「我才不會侍奉任何人。誰要像貓狗一樣被送來送去啦？」

對於即使被降為臣籍也好歹是一國王族提出的邀請，梅尼爾的回答得相當冷淡。他閉起翡翠色的雙眼，彷彿在主張無從商量似地甩甩手。

「……唉，可惜。優秀的人才是要多少都嫌不夠啊。」

看到梅尼爾那樣的反應，埃賽爾殿下嘆了一口氣。

他身為北方《草原大陸》（Grass land）的強國——《法泰爾王國》的王弟，也是負責開拓這塊《南邊境大陸》（South mark）的索斯馬克公爵，想必勞苦繁多，經常感到人力物資不足吧。

「要是能再多一艘船，要是能再多一位足以信任的能幹部下……像這樣的念頭，你也會有吧？」

「是的。最近……我變得非常能夠感同身受。」

自從我被大家拱為《獸之森林》（Beast Woods）一帶的領主後，著手推行了各式各樣的開拓計畫。

在那過程中，我對於這方面的辛勞的確感受非常深刻。

「這樣啊。話說河港的狀況現在如何？」

「多虧各方人士的鼎力相助，勉強算是順利。只不過也遇到了幾項問題——」

「唔，你就說說看吧，或許我多少可以給你些建議。」

「還真小氣啊，就只是給建議嗎？」

「當然我也可以提供物資上的支援，如果你們不介意用剛才提過的獎賞來交換啦。」

「呿！」

就在埃賽爾殿下與梅尼爾如此對話，然後互相笑了一下的時候……
從中庭的入口方向傳來踩踏砂石的聲音。
「吁、吁……」
擦著汗水走過來的，是負責管理這座《白帆之都(White Sails)》中大神殿的巴特·巴格利神殿長。
肥碩的身上穿著織有金絲銀線的寬鬆神官服。動作總是急急忙忙，加上平日肩負重任造成的壓力與易怒的個性，讓表情看起來感覺很凶。
雖然還是老樣子，講得委婉一點就是個給人印象不算太好的人物——但我依然非常尊敬他。
神殿長來到涼亭前，對埃賽爾殿下一鞠躬後，把視線看向我和梅尼爾。目不轉睛，像在觀察似地盯著我們。
「……哼，看來你是順利獲勝了。被人們又是英雄又是無雙勇者地大肆吹捧，我還想說你差不多要得意忘形地吃場大敗仗啦。」
我對這樣數落我的神殿長敬了一個禮。
正因為他是個會對我說這種話的人物，我一直以來都真的非常尊敬他。
看到我露出滿面笑容，巴格利神殿長用鼻子「哼」了一聲，把臉別開。
「呵呵，巴格利，你來得好——那麼，就來聽聽關於這次事件的報告吧。」

埃賽爾殿下對於我們那樣的互動不禁笑一下後，又收斂表情，一臉認真地如此說道。

「在鐵鏽的山脈，將會燃起災厄的黑火。烈焰擴散，恐會燒盡這塊土地的一切。」

◇◆◇◆◇◆

我將事件的大致經過以及元凶已被討伐的事情報告完後，就在提起這段預言的同時，涼亭陷入一片沉默。

關於這段預言，我不能夠不報告給殿下知道。

「……《柊木之王》很清楚地這樣告訴了我們。」

「《森林之王》、嗎。」

埃賽爾殿下小聲呢喃，並揉起自己的太陽穴。

「才想說魔獸與惡魔的問題總算告一段落，接著又是真相不明的『災厄之火』、『邪炎與瘴氣之王』嗎？過去你提過被封印在死者之街的那個惡魔們的《上王》也同樣教人在意。問題一件又一件，騷動遲遲不結束。受不了，真是一塊不會教人無聊的大陸啊。」

從殿下的舉止中可以窺見他相當疲勞。

……自從我當上聖騎士（Paladin）後已經看過好幾次，這個人面對又是大大小小的魔獸災害，又是惡魔們的陰謀，以及其他種種問題，總是必須做出許許多多的對應。

像是對實際受害的聚落進行援助，為了安排這些援助向本國進行交涉；指派騎士們巡邏以預防受害，為了討伐事件元凶又要臨時雇用冒險者。

為了這些對應必須處理各種公文，還要親自到現場進行指揮與慰問。當然平日對都市的統治管理也不能懈怠。

我根本從沒看過埃賽爾殿下悠悠閒閒享受休息時間的光景。

彷彿是為了幫那樣的殿下分憂解勞似地……

「獵人啊，講到底，那個《森林之王》究竟擁有何等程度的能力？那段所謂的預言真的足以相信嗎？」

神殿長代為如此詢問。

「叫人名字啦，這個老伯。」

「你有資格講別人？」

「呿！」

「呿！」

這兩人互瞪對方，嘖了一下舌頭。

他們還是老樣子，個性相當不合。

「呃、那個、兩位好好相處嘛……」

「哼，要我和這沒禮貌的小子好好相處？少跟我說笑。」

「哈，一點都沒錯。我最討厭就是這種態度高高在上的傢伙啦。」

巴格利神殿長交抱雙臂睥睨對手，梅尼爾則是皺起眉頭用手托腮，各自表達厭惡的態度。

自己的摯友與尊敬的對象如此水火不容，真的讓人很傷腦筋。就在我忍不住慌張失措的時候……

「不過做為交易對象就無從挑剔了吧？」

埃賽爾殿下態度直爽地對那兩人笑了一下。

「……哎呀，確實。我知道他能力不錯。」

「要不然我也不會想跟這傢伙同桌啦。」

那兩人都不太甘願地如此回答。

埃賽爾殿下接著又瞄了我一眼，對我眨眨眼睛。

「唉，說得也是。既然是工作我就回答吧……你們看看這個。」

梅尼爾從他身上的皮革包中拿出一張地圖，攤開到桌上。

這張製作得相當精巧的地圖，是向我們交情不錯的商人托尼奧先生買來，《大聯(Union)邦時代(age)》這塊地區的詳細地圖。

但畢竟是兩百年前的地圖，現在已經變動了相當多，到處可以看到梅尼爾筆記修正的地方。

大家都探頭看過來後，梅尼爾伸出手指沿地圖上移動。

「歸根究柢，所謂《森林之王》是指一塊區域中的瑪那循環路徑——地脈的集結點——」

指尖劃出一條條虛構的線，接著又指向應該是代表地脈的那些線大量交叉的一個點。

「也就是所謂《王殿》之處的主宰。至於其真面目，有的是寄宿在樹木或大岩石中的靈精，有的是以《王殿》為巢穴的野獸經年累月獲得智慧而化成，各有不同。然而……」

梅尼爾把垂下來的銀色髮絲撥到耳後，稍微停頓一下。

「無論哪個《森林之王》都是活過不下一、兩百年的歲月，而且與地脈直接相連的存在。

他們蓄積有大量的記憶與知識，從地脈所及的全部領域不斷將瑪那吸收到自己體內，可說是森林的心臟、森林的頭腦。」

這個世界是由《話語》所構成。

能力優秀的魔法師甚至對於像草木搖曳或樹葉間灑下的陽光等等，也可以從瑪那的波盪中聽出、讀出《話語》。

……當然，從中能夠讀取出來的情報還是有限的。

即便是我，或者我的養育之親——《徬徨賢者(Wandering Sage)》古斯那樣等級的魔法師，也沒辦法光聽草木搖曳的聲音就知道所有的內容。

但古斯也說過，那是因為我們侷限在人類的思考範圍內去解讀《話語》的關係。

如果換成和大自然更為親近的存在——

「雖然不到神明那樣可以某種程度預讀未來，不過《森林之王》講出口的發言可以想成是基於相當程度的根據所做出的預言，或者說預測。」

「……唔。」

聽到梅尼爾語氣嚴肅地如此說道，巴格利神殿長靜靜呻吟了一聲。

「……殿下，看來這件事情必須優先處理才行。」

「是啊——《鐵鏽山脈(Rust Mountains)》，滅亡的矮人族之都，惡魔們的巢穴嗎……」

在涼亭的陰影下，大家都露出沉重的表情。

這也是沒辦法的事情。畢竟包含繁瑣不及一提的事件在內，最近這陣子可說是騷動連連，現在居然又冒出據說會從惡魔的巢穴往外擴散的『災厄之火』。

無論是誰應該都會感到意志消沉吧。

——因此，我決定笑了。

「那真是不錯！」

其他三人頓時都把視線望過來。

我則是盡全力露出滿面的笑容。

「——換句話說，在那裡可以盡情大鬧的意思吧！」

經過徹底鍛鍊的肌肉所發揮的暴力，面對大部分的事情都能夠解決。

布拉德這句話真是至理名言。

「問題的發生位置已經確定出來，而且敵陣是不需要擔心會波及別人的荒涼之地！換言之，這是非常適合讓我處理的案件嘛……！」

我握起拳頭如此表示後，埃賽爾殿下也彷彿被感染似地笑了。

「哈哈，說得也對。確實是那樣……那麼聖騎士(paladin)大人，這件事可以交給你嗎？」

「當然沒問題！」

看到我們之間那樣的互動，巴格利神殿長與梅尼爾都「唉」地同時嘆一口氣，然後互相注意到，又「哼」一聲把視線別開。

「如果殿下需要，我可以立刻湊齊人馬進攻敵陣——」

「不，應該不用那麼急吧。」

埃賽爾殿下露出苦笑，於是我也點頭回應他這句話。

雖然我是為了驅散沉重的氣氛才故意講那樣幹勁十足的發言，不過其實我的意見和殿下是一樣的。

畢竟在場都是腦筋動得很快的人物，相信每個人都注意到了吧。

——關於那個『災厄之火』，《柊木之王》確實是說**「不久後便會到來」**，但對方也有向我們約定好**「今年秋季將會迎接豐收」**。

換句話說，除非發生了什麼連《森林之王》也無法預測到的意外狀況，否則至少到秋天為止應該都很安全才對。

「關於《鐵鏽山脈（Rust Mountains）》，我們目前掌握的情報也不算詳細。所以包含收集情報在內，這件事就完全交給你處理可以嗎？」

「好的。我會問問看吟遊詩人的朋友，還有住在河港區的矮人族居民們……至於《森林之王》的那段預言，就暫時先當成只有在場這些人知道的祕密。」

大家都心領神會地對我點點頭。

從夏季到秋季這段時間，是人口比率最多的農民階級非常忙碌的季節。

夏天的小麥還沒收成完畢，到了秋天又要種植冬麥，摘森林的樹果養肥家畜，另外還有收成果實釀酒的工作等著。

現在魔獸與惡魔造成的威脅總算減輕，大家的生活都開始漸漸安定，滿心期待豐收。在那樣的時期中，我們不希望散布危險的謠言造成人民不安。

「請別擔心，肯定會有辦法解決的。」

我全力露出微笑如此說道後——

「只要聽到你這麼說，就會讓人有那樣的感覺啊。」

「……哼，可別因為被當成英雄就得意忘形、鬆懈大意啦。」

埃賽爾殿下對我一笑，巴格利神殿長則是用一如往常的態度為我表示擔心。

我和梅尼爾轉頭互看，不禁微微露出苦笑。

◇◆◇◆◇◆

後來又討論了一些細節之後，我們便離開了領主館。

殿下和神殿長似乎還有其他事情需要討論，真的很辛苦。

「那接下來咱們要怎麼做？」

「先去找碧，收集一下關於《鐵鏽山脈（Rust Mountains）》的情報好了。這個時間她應該在廣場吧。」

「嗯。」

我們走在街上交談的同時，梅尼爾點點頭把外套的兜帽深深蓋到眼睛。

他之所以會這樣顧忌別人的視線，是有原因的。

「……呃。」

梅尼爾露出一副「果然如此」的表情，皺起眉頭。

在我們來到的廣場上，可以聽到三弦樂器雷貝克琴的聲音。

「凶惡魔獸，橫行邊境。

車馬旅人，不見往來。

嘆息之聲，在北風中被掩蓋。

迴盪森林，唯有猛獸的咆哮。」

傳來的歌聲……是熟悉的武勳詩。

操縱魔獸的惡魔與受苦的人民。

不知來自何方、受燈火之神庇佑的一名年輕神官戰士現身。

年輕戰士先是讓因為窮困而差點誤入歧途的美麗半精靈獵人洗心革面，並拯救了成為朋友的他所面臨的苦境後，兩人一同踏上前往都市的旅程。

然而當他們來到街上，卻遭遇到襲擊城市的飛龍（Wyvern）。

年輕戰士徒手折斷了飛龍（Wyvern）的脖子，一戰成名。接著向領主訴說人民的窮困，覺

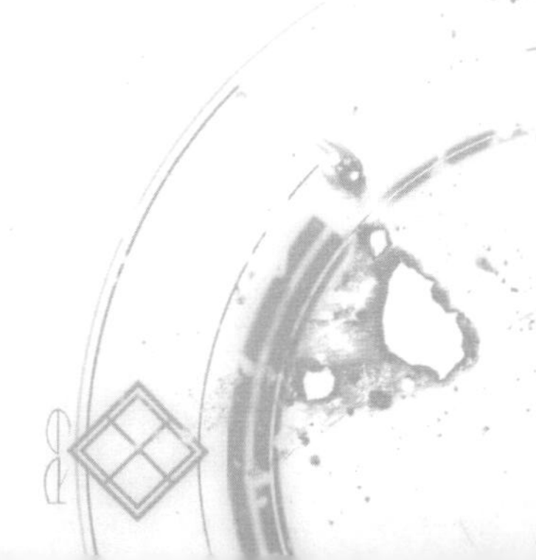

悟的表現深受領主讚賞而受封為聖騎士（Paladin）。

後來許多勇敢的冒險者們慕名聚集到聖騎士（Paladin）身邊。

一行人動身前往荒涼的山谷，也就是那些操縱魔獸的惡魔們所在的大本營。

然而他們中了敵人卑鄙的陷阱，不得已下一度敗退。

雖然靠著封印的邪惡魔劍撐過了這場危機，但面對朋友身負重傷的事態，聖騎士（Paladin）差點被魔劍的黑暗面所吞噬。

就在他即將成為一名狂戰士的時候，多虧半精靈的朋友靠著拳頭與對話讓他清醒過來。

熱淚與擁抱。

他們再度恢復了團結，前往挑戰魔獸。

「如此這般，英雄們征戰山谷，卻遭遇巨大的魔獸阻擋。
獅子的頭擁有銳利的爪牙，山羊的頭施展邪惡的魔法；
龍的頭吐出紅蓮烈火，蠢動的尾巴是一條毒蛇。
凶猛的叫吼聲撕裂大氣，踏出的步伐震盪地面。」

率領魔獸的，是擁有三個頭的大魔獸奇美拉。

戰士們架盾為牆，高舉利劍，勇猛挑戰成群的魔獸。

當中還有劍技比誰都要快速犀利、擁有《貫穿者》稱號的劍客。

「《世界盡頭的聖騎士（Paladin）》威廉，

《迅敏之翼（Swift Wings）》梅尼爾多，

兩人並肩疾馳。」

從這邊開始，歌手越唱越激昂。

「噢噢，消失在歷史之中的偉大神明！寡言的靈魂引導者！

掌管生命流轉的燈火之神葛雷斯菲爾呀！

如今又在邊境的黑暗中引導英雄，再度向世人展現其光輝呀！」

與奇美拉的戰鬥堪稱是激烈至極。

故事中的『威廉卿』先生靠著他過人的力氣和奇美拉正面扭打，甚至徒手揍飛對手。

啊，被揍的奇美拉飛出去，把岩石都撞碎了。

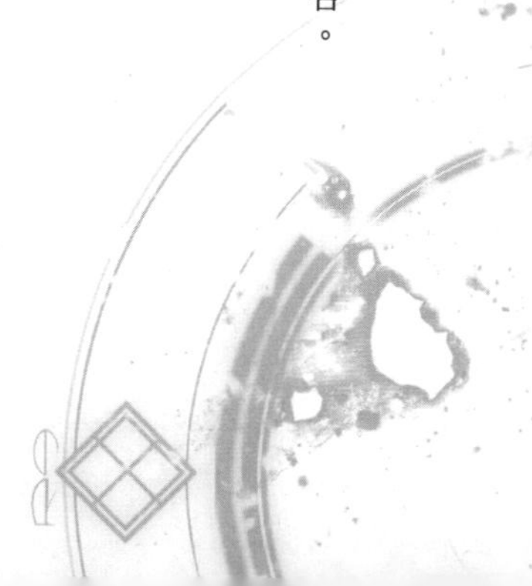

超強的～連我都忍不住感到欽佩。這是何等英雄啊。

「…………」

然而在我身邊的梅尼爾卻露出一臉難以言喻的苦澀表情。

在故事中關於那位半精靈的獵人，有非常多美麗的描述。

每當他有什麼活躍的表現，聽眾們——尤其是女性們就會發出興奮的尖叫聲。

「啊哈哈……」

畢竟褐色頭髮藍眼睛的年經人到處都是，所以我在人群中並不算太顯眼……但梅尼爾是半精靈，銀色的秀髮與翡翠色的眼睛都是相當明顯的特徵。

大概是因為有事沒事就受人注目的緣故，讓他多多少少感到不太愉快吧。

不過……

「…………」

從人群另一頭傳來的，是歌手熱情高唱的討伐奇美拉武勳詩。

面對那樣充滿自豪的開心歌聲——

梅尼爾忽然放鬆了表情。

「……受不了。」

他那一臉苦笑，彷彿是在說「真是沒轍啊」似的。

與此同時，聽眾們「嘩！」地發出熱烈的歡呼。

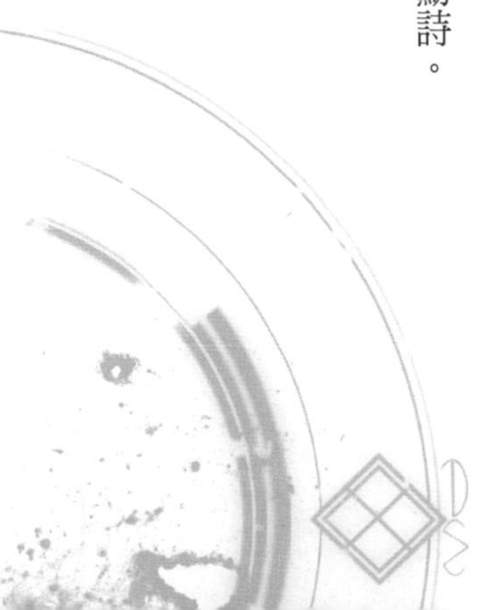

——威廉卿正用他的愛槍貫穿了奇美拉的獅子頭。

武動詩唱完，大家紛紛丟錢。

等聽眾們散去之後，我對正在收拾東西的吟遊詩人揮揮手，小聲叫喚。

「碧。」

光是這樣的聲音，對方微尖的耳朵便動了一下。看來有聽到的樣子。

「……！」

她立刻把頭轉向我們，露出燦爛的笑容跑過來……

「你們來了呀！」

然後順勢撲到我身上。

「剛好經過啦！」

我接住她，在石板路上轉了好幾圈，她便嘻嘻哈哈地笑得非常開心。

捲捲的紅色頭髮，討喜的可愛表情。體型像兒童般嬌小的半身人吟遊詩人。

我們的朋友羅碧娜・古德費洛今天依舊是這麼開朗活潑。

「妳還是老樣子，很受歡迎啊。」

「就是說呀。托兩位的福，這已經是我的招牌詩歌了！」

碧拿起裝有大量銅幣銀幣的籃子，亮到我們面前。

「看！今天也是大賺錢呢！耶！」

「受不了，居然用別人的辛勞賺那麼多錢。」

梅尼爾開玩笑地如此說道後……

「真拿你們沒辦法。反正剛好是中午時間，就讓我稍微回饋一下兩位吧！」

碧笑著，扠腰抬頭望向我們。

「你們想吃點什麼？」

「吃肉。」

「要是讓你的粉絲聽到那種選擇，肯定會唉聲嘆氣呢。」

「囉嗦啦。」

「就不能想想別的嗎？稍微有點精靈的樣子，優雅一點的。」

「那就搭配蔬菜一起吃的肉吧。」

「…………」

我忍不住笑了出來。

雖然在詩歌的描述中，精靈族是住在森林深處，和大自然和諧共存的優雅族群，因此不會給人什麼肉食主義的印象。

但實際上如果居住在森林中與大自然共存，就表示同時會身為獵食者吃野獸的肉。我記得以前古斯也教過，精靈族之所以會以箭術出名，就是因為他們是一群優秀的獵人。

而現實中，梅尼爾的確也是相當的肉食派。

「威爾想吃什麼？」

「我也想吃肉耶。畢竟難得到都市來嘛。」

「果然戰士就是很愛吃肉！」

——順道講點題外話。在農村地區其實沒有什麼機會吃到家畜的肉。頂多就是在秋天時把冬季期間會難以維持的家畜處分掉，或是當年邁的家畜過世的時候。

畢竟牛馬再怎麼說都是很貴重的勞動力，而且宰殺並解體一頭家畜是相當費工的事情。另外，把家畜帶到都市區賣掉也可以成為現金的收入手段。

基於以上種種因素，在農村地區的每日餐食主要都是麵包或小麥粥配上豆子，偶爾會有獵人捕來的鳥獸肉類。

不過如果是在都市區，就每天都會有從農村區送來的家畜被屠宰、解體，陳列在肉店販賣。

因為人口很多，所以固定都會有「今天想吃肉」的顧客需求，使得專門的業者或店鋪得以成立經營。

而既然有專門賣肉的店家，以此為材料來源推出肉類料理的餐廳也就會增加。

因此其實在都市區是比較能穩定吃到肉類料理的。

難得來到這裡，沒有不吃的理由啊。

「真是有夠欠缺風雅呢。」

「既然這樣講，那妳想吃什麼？」

梅尼爾對刻意攤開雙手的碧如此問道。

「我嗎？嗯……」

紅髮的吟遊詩人稍微擺出思考的動作後……

「吃肉！」

說著，笑了起來。

中午前。

我們三名肉食動物就像是被肉的氣味吸引似的，進入一間客人還不多的大眾食堂。

「大叔～今天有什麼好料的～？」

「有鹽水煮羊肉喔！」

碧坐到一張四人坐的餐桌旁，對正在用大鍋子燉煮料理的褐色皮膚店長叫了一聲後，對方用相當豪邁的聲音如此回應。

「哇！那來三份，要大盤的！」

「來啦！」

裝在盤子上端出來的料理，是煮得熱騰騰冒著蒸氣的帶骨肉塊。

另外搭配有煮熟的蔬菜，以及類似我前世所謂的饅頭、用小麥粉揉捏發酵後蒸出來的麵包。

這座《白帆之都》(White Sails)因為是面向內海的港都，所以可以見識到各種地區的飲食文化，非常有趣。

「啊，這個是《乾風之地》(Arid Climate)的料理吧？」

「沒錯，是我的故鄉菜啊。」

碧一眼就看出了料理的來源地。

《乾風之地》(Arid Climate)——這地名我有聽過。

氣候上偏涼。一如地名所示，是乾燥的風到處吹拂的寬廣草原與荒野。我記得是遊牧民族居住的地區。

雖然會有往來東方諸國的商隊經過，但各處也有妖鬼部落支配的高原等等，是相當危險的區域。

而我聽過印象最深刻的是——

「請問那地區有半人半馬的人馬族（Centaurus）是真的嗎？」

聽到我如此詢問，店長笑著點點頭……

「是啊，真的有喔。都是一群恐怖的弓箭高手哩……來，盡情享用吧。」

他說著，又回到廚房去了。

一直蓋著兜帽的梅尼爾仔細端詳羊肉後……

「是脖子以下到肋骨的部分啊。」

判斷出了肉的部位。

感覺一定很美味，讓人期待高漲。

但我並沒有立刻動手，而是先吸一口氣。

「地母神瑪蒂爾以及善良的神明們，在祢們的慈愛之下，我們將享用這頓餐食。願眼前的食物能獲得祝福，化為我們身心的食糧。」

交握雙手……

「感謝眾神的聖寵……我要開動了。」

「感謝。」

「開動囉～！」

一如往常地獻上禱告時，梅尼爾和碧也都很配合我。

接著我們各自拿出自備的刀子擦拭乾淨，緩緩切入煮熟的帶骨羊肉塊。

「…………」

像這樣，大家各自拿刀解體自己面前的肉時，就會不自覺地陷入沉默。

常聽說人在吃螃蟹時會變得安靜，看來羊肉也是一樣的。

我用刀把其中一根骨頭連同周圍的肉切開來，放入嘴巴。

──稍濃的鹹味與肉的美味頓時在口中擴散。

羊肉些許的腥味，以及咬勁。

越嚼越有滋味，正是『我在吃肉！』的感覺。

軟綿綿的小麥蒸麵包雖有風味但味道清淡，就像白飯一樣配著吃可以讓肉更順口。

「……好吃！」

「真是一家好店。」

「對吧！啊，用麵包夾起來吃也很棒呦。」

「原來如此，還有這招啊。」

我把配菜與削下來的肉一起夾到撕開的蒸麵包中。

真是好吃。

不過吃到這邊，我稍微停下雙手……

「話說，我有些事想要問一下碧。」

對碧提出了見面的主題。

「嗯，什麼事？」

「我們現在接到一個案件……希望可以盡量多了解一些關於《鐵鏽山脈（Rust Mountains）》的事情。」

「關於《鐵鏽山脈（Rust Mountains）》？」

碧暫且把視線從羊肉與刀子上移開，望向我之後……

「詩人的詩歌可不是免費的喔？情報的酬勞怎麼算？」

咧嘴露出惡作劇般的笑容。

「酬、酬勞？呃……」

「如果我們要到《鐵鏽山脈（Rust Mountains）》去，回來後立刻就把那趟旅行的經歷告訴妳。這可是最新的冒險故事材料，如何？」

在我準備說些什麼之前，梅尼爾就先插嘴如此說道……

「好！交易成立！」

而碧也點頭答應。

對於別人輕鬆講講的話，我總是會不禁想得太深。連我自己都覺得，瞬間的應對能力實在不夠。

「話雖這麼說，但其實我知道的也不算很詳細呢。」

碧將刀子與燉肉放回盤子上，開始講述。

「《鐵鏽山脈(Rust Mountains)》在兩百年前據說是稱作《黑鐵山脈(Iron Mountains)》的樣子。

在那裡曾經存在有火焰與技巧之神布雷茲的眷屬——山中居民矮人族們建立的地底王國《黑鐵之國》——」

據碧描述，那是在當時的《大聯邦(Union)》中也相當出名的強悍國家。

「然而在兩百年前的大亂中，那國家也滅亡了。

為了制止惡魔們的侵略，岩之館的矮人大王與眾多強悍的戰士們一起陣亡在山中。

……大量血液流淌，大量武器散落，成為了惡魔巢穴的那座山脈不知從何時開始，從《黑鐵山脈(Iron Mountains)》被改稱為《鐵鏽山脈(Rust Mountains)》了。」

那就是黑鐵最終的末路。

充滿血液的鐵鏽氣味與鏽蝕腐朽的武器，昔日榮光的悽慘殘骸。

「當時的戰鬥究竟發生了什麼事情，詳細內容我也不清楚。真的完全沒有任何情報。」

「為什麼會那樣？」

「因為誓死為山國戰鬥的矮人族戰士與人民們都一如字面上的意思，全滅了。然後……」

碧稍微停頓一下後……

「逃出國家的矮人族們所遭受的命運實在太過悽慘的關係……威爾在一年前左右有收留過矮人族的流民，應該也知道吧？」

我回想起來。

滿身汙泥，散發惡臭，臉頰消瘦而鬍鬚蓬亂，眼神充滿疲憊的那群人。

「因戰亂而被逐出故鄉的人民，想也知道會遭受什麼樣的待遇。

……正因為如此，他們都不會向別人講述關於故鄉的山脈以及那場最終戰役的事情。

畢竟那是一段痛苦、悲慘而屈辱的記憶——同時，那段光榮的記憶也是維護他們自尊與羈絆獨一無二的依靠。」

沒有樂器伴奏。

碧光是這樣隨口描述，就帶有某種魄力。

流暢而清楚的抑揚頓挫，使人聽得入迷的講話緩急。

「所以說，那些都是只存在於他們內部的祕密。

若不是滅亡的《黑鐵之國》人民，就不會知道。」

因此我也只知道這點程度而已，對不起喔。碧說著，露出苦笑。

「想知道更深入的話——我記得你那邊的河港附近有一群矮人族移民吧？」

「嗯。」

「只要記得顧慮我剛才講過的那些事情，其他人還姑且不說，但如果是你去問他們……我想應該可以問出些什麼吧。」

「……………謝謝。」

我對碧露出微笑，點頭回應。

不知道那些人究竟會願意跟我講到什麼程度？

——我回想著矮人族們嚴厲的面孔，同時想像起山中居民那座王國的興盛與毀滅。

◇◆◇◆◇◆

後來和預定要稍微再邊唱邊逛的碧道別後，我和梅尼爾便離開《白帆之都(White Sails)》南下。

花了幾天的時間回到《獸之森林(Beast Woods)》，踏入妖精的小路。

不可思議的光景再度呈現在眼前。白天與夜晚瞬息交替，森林蠢動，妖精們互相呢喃，深不見底的黑暗。在這樣依舊讓人背脊發涼的場所中，我抱著敬畏的心情慎重行進，走了大約半天時間。

從妖精之路的出口，一圈不可思議的光環穿出去後，眼前豁然開朗。

——我感受到一陣風迎面吹來。

不知不覺間，我發現自己站在一座黃昏的山丘上。

在無數聳立的樹群另一側，被染成一片深紅的空中，橙色的太陽正漸漸下山。周圍的天空開始緩緩帶有夜色，隱約可以看到閃爍的星星。

放眼望去是一整片的森林，以及蜿蜒貫穿其中的大河。

稍微移動視線，便能發現有一座城鎮緊貼在那條大河旁。

城鎮中分為兩種色彩。

充滿黯淡的灰色交雜植物綠色的遺跡街道。

以及緊鄰遺跡往外擴展、瓦片屋頂柔和的紅色搭配灰泥外牆的白色，有人群往來生活的街道。

——是過去我與不死神交戰，與那三人告別之後，從死者之街沿河岸北上，和梅尼爾相遇之前看到的那座半沉水中的都市。

如今那裡正透過人民的手重新開發之中。

「……像這樣望過去，城鎮變得還真大啊。」

梅尼爾小聲呢喃。

「嗯，才短短兩年，就擴展了不少呢。」

我們一邊交談一邊走下山丘，在傍晚的街道上沿路與居民們打招呼。

最後在碼頭附近發現了托尼奧先生的身影。

似乎正在和倉庫人員討論什麼事情的托尼奧先生注意到我們，便結束交談，輕輕揮手朝我們走過來。

「兩位，歡迎回來。」

「是，我們回來了。」

「回來得還真是快，請問森林異常的問題——」

「我們已經順利解決，也向殿下報告完畢了。」

聽到我這麼說，托尼奧先生頓時瞪大眼睛。

我和梅尼爾互看一眼，露出淘氣的笑臉。

「那還真是厲害啊。請問這次又是靠什麼樣的戲法？」

「是妖精師的祕術啦……但是那並不適合用來運輸，所以沒辦法轉為商用就是了。」

「不過在收集情報上應該很方便的樣子。不介意的話，等一下說給我聽聽看吧。」

「哦？我都說是祕術了你還想問出來？還真有做生意的氣魄啊。」

「畢竟我是商人嘛。」

托尼奧先生笑了起來。

雖然剛認識的時候，他給我相當頹廢的印象，然而到了最近不知道該怎麼說，總覺得他有種多多少少找回活力的感覺。

果然只要生意經營得順利，自信或充實感等等的心情就會展現在臉上吧。

……那場討伐奇美拉的戰役之後，托尼奧先生趁著冒險者們都還齊聚在一起的時候提出了一項計畫，就是重新開發這座都市。

眾多身經百戰的冒險者們組成小隊，大規模掃蕩巢居於遺跡中的各種危險存在。

接著在埃賽爾殿下的支援下整修河港，並分解遺跡的建材重新建造新的房子。

然後以此為工作據點，從樹木資源豐富的《獸之森林》(Beast Woods)採伐木材組成木筏，順河流運送……就這樣在《獸之森林》(Beast Woods)的最深處，托尼奧先生開始經營起木材業。

結果這項生意做得相當成功。

畢竟在《白帆之都》(White Sails)周邊原本就因為都市發展，非常缺乏拿來當建材的木材以及拿來當燃料的薪柴。

相對地，《獸之森林》(Beast Woods)位於河川上游，又有一座可以重新開發的河港遺跡，而且木材資源豐富。

只要針對有需求的地方準備好可以供給的手段，就能夠賺大錢。

雖然講起來是很理所當然，不過能夠精準看出那樣理所當然的劇本並付諸實行就是托尼奧先生踏實穩健的部分，也是很符合他這個人的生意方式。

……另一方面，討伐完奇美拉之後，我雖然在周邊地區的協議下被拱為了領主。但不知道該怎麼說，總覺得大家對我期待的是能夠確保地區安全的武力，以及能夠代表地區跟王弟殿下進行交涉的聖騎士(Paladin)頭銜。

其實真的需要我出面裁決的事情並沒有那麼多。

而且我雖然說是領主，當時卻連自己的家都沒有。

……容我再說一次，我連自己的家都沒有。

我也是有想過可以請哪個村落讓我住下來，但是隨著我的入住，就代表我會插入村落原本階級構造的上層。

或許會有人因此覺得不是滋味，也或許會有人想要利用我。

另外在村落之間的關係上——會有人企圖利用我的存在提升自己部落的立場，也是想當然會發生的事情。

只要考慮到這方面的問題可能導致的爭端，我實在沒辦法隨隨便便找個村落住下來。

或者乾脆不要定居一處，而是採取在領地內巡迴旅行的統治方法，也並非不可行——像前世的歷史上也有這樣的例子——然而這也是各種問題很多的方法，因此我盡量希望避免。

如此這般，最後我決定加入托尼奧先生的生意計畫。

我負責出資，以及協助確保安全，然後順便就在這座新建立的城鎮定居下來。和梅尼爾以及雷斯托夫先生為首的冒險者們一起維護城鎮安全，指揮討伐魔獸或惡魔的行動，並從事治療。

偶爾會收到請求前往《獸之森林（Beast Woods）》各處，或是與巴格利神殿長借派給我的安娜小姐等神官們以及埃賽爾殿下進行各種協調。

我的日子就在這樣的感覺中度過。

——到了有一天。

一群山中居民——矮人族的集團聽說森林變得相當安全而前來。

最初在森林中與他們相遇的人是我。當時的他們可說是渾身髒汙，感覺應該是飽受飢餓與猛獸的威脅，好不容易才抵達這裡的。

因為他們的模樣看起來實在過得非常辛苦，於是我為他們準備了食物與暫時居住的地方，並協助他們尋找工作。

雖然說矮人族是雙手很靈巧、相當適合當工匠的種族，但我其實一開始並沒有期待身為流浪集團的那群矮人會有什麼高度的專門知識——不過我試著交談之後意外發現，他們之中有很多人擁有像鍛造、皮革加工或是木工、陶藝、織布、建築等等的知識。

我也有詢問過他們究竟為什麼要那麼辛苦，特地跑到《獸之森林(Beast Woods)》最深處這種地方來，可是他們關於這點卻沒有多說什麼。

但不管怎麼說，既然他們擁有這些技術，我便決定把自己透過探索遺跡等手段賺來的財產大半投資在他們的技術上。

像是對採伐的木材進行加工的木工工廠，將獵捕來的魔獸皮革製成商品的皮革加工廠，或是稍有規模的鍛造廠，生產木炭或陶器用的窯爐等等。

我向他們表示願意借貸這些設施的建造資金並說明自己可以提供的金額後，那群矮人都驚訝得瞪大了眼睛。

接著，他們就像是在提防我究竟會要求多恐怖的利息或條件似的，戰戰兢兢與我開始進行交涉，結果聽到我提出的利息與條件後又瞪大了眼睛。

……然而對當時的我來說，這是很必然的選擇。

如果要維持、發展一座剛成立的聚落，需要紡織工、木工、石材工、建築工，以及打鐵、皮革、製炭等等各式各樣的人才，多到難以置信的地步。

就算剛開始在某種程度上可以靠購買現成商品或外行人勉強頂替，遲早還是會需要擁有技術的專業人員。

可是明明已經有工作卻還特地跑到《獸之森林（Beast Woods）》深處來的好事工匠根本沒幾個人。

像這樣夢寐以求、擁有技術的人才，現在居然主動上門來了。我怎麼可以讓他們去做像是搬運木材之類單純的勞動，那樣太浪費了。

他們有讓我全力投資經費的價值。

……但如果什麼也不說，只是把錢借貸給對方，自然會讓人懷疑「是不是有什麼企圖」。

尤其在那群矮人之中，大概是因為流浪期間遭遇過各種事情的緣故，有很多人警戒心變得非常強烈。

也有幾個人頑固主張「不應該欠什麼人情」。

因此為了能獲得他們的信任，我好幾次拜訪了他們，一次又一次向他們進行說明。

——就在不知道是第幾次說服的時候。

我表示自己非常需要他們並鞠躬致意後，他們的頭目阿格納爾先生便出面為我說話：

「……如果這個人真的騙了我們，我想也是無可奈何的事情。大家覺得如何？」

我記得當時自己真的是非常開心。

就這樣過了沒多久，各種工坊便陸續建起，鐵鎚、鋸子、紡織機響起聲音，窯爐也燃起爐火。

只要工坊成立，自然就會有人以工人為客源開設起店家。而且只要向《白帆之都(White Sails)》輸出的商品種類增加，往來大河的河船也會隨之增加。

當然讓空船逆流而上也是很浪費的事情，因此通常都是載滿可以在這座城鎮販賣的商品上來，賣掉之後再裝載這座城鎮的商品順流而下——

物資與金錢開始流動，相對地也有越來越多人住進城鎮。

原本是半淹在水中的都市遺跡，現在已漸漸成為一座河川貿易的據點。

裝載皮革製品或木工商品的河船跟著木材一起流向下游，從下游也有裝滿商品的帆船乘風而來。

城鎮中的房屋日漸增加，建造屋子的工匠們發出的鐵鎚聲與鋸子聲不絕於耳。

這樣的景象讓我莫名感到開心。

「來，我們回去吧。」

「是！」

——如今，這座城鎮被人們稱呼為《燈火河港(Torch Port)》。

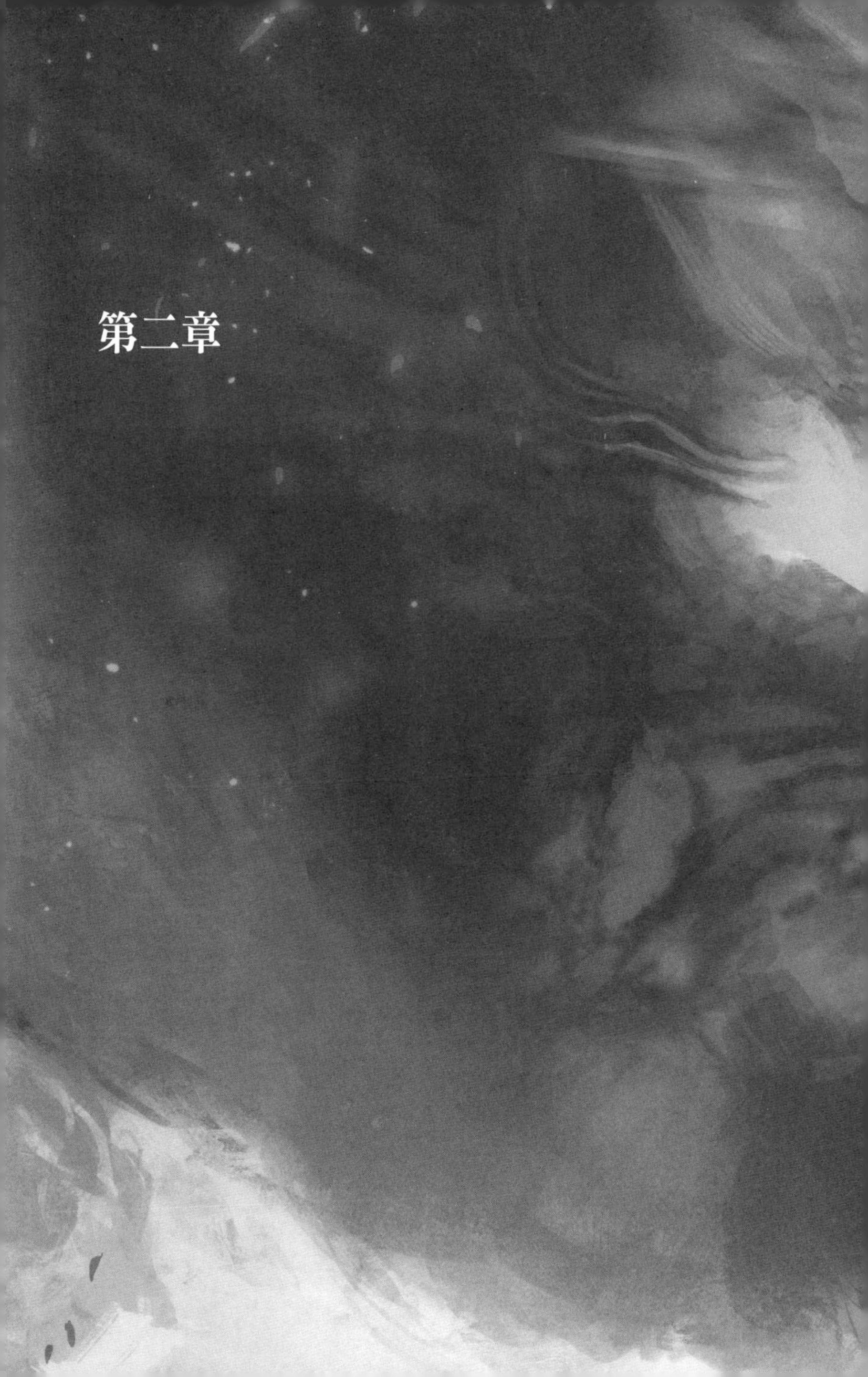

第二章

在《燈火河港》自己家就寢的那個晚上。

我做了一場夢。

是教人懷念的死者之街的夢。

「聽好，威爾……歸根究柢，所謂靈精究竟是什麼？」

全身呈現蒼白色的古斯撫摸著自己下巴，緩緩說道。

「在遙遠的古代，創造之神發出話語、刻下記號，造出太陽與月亮分隔白天與夜晚，將水集中成為海洋與大地分開，生出火，生出風，生出樹木。

——這些都誕生得比眾神、比人類還要早。」

布拉德也把他的骨骼身體靠在牆邊，隨興聽著古斯授課。

就是那樣平靜的一段下午時光。

「那些水、土、火、風以及樹木等等，都寄宿有始祖之神偉大的《話語》在其中。那些並非單純的現象，而是帶有明確的意志。」

「帶有意志的現象……？」

「或許很難想像……嗯嗯，畢竟這裡沒有妖精師啊。要是有個妖精師，至少可以讓西爾芙飛舞一下，就能簡單說明了。

算了，也罷。古斯搖搖頭如此說道。

他這句「算了，也罷。」並不是「這種事情不重要」而是「反正以後遲早會遇到，你暫時先記在腦子裡便行」的意思。

而實際上我後來真的與梅尼爾認識了，所以現在也能理解所謂「帶有意志的現象」究竟是什麼。

「這靈精正因為帶有意志，之後便分為了兩種系統。首先第一種，是與下等的眷屬──妖精同在，伴隨不安定的現象永續存在的類型……直至今日只要到火山，妖精師就能見到率領無數火妖精的靈精《火焰之王》的身影。在大海的漩渦深處有《海洋之王》飄遊，在樹海深處則有《森林之王》靜靜佇立。」

所謂的妖精師，就是對靈精或妖精，那些與現世交疊的幽世的存在能夠進行感知與交流的人物。換言之就是巫覡(shaman)啦。

我聽著古斯這樣的說明，點點頭並抄下筆記。

想要記憶事物，總之就是要多聽、多想、多寫。

「然而另一派的靈精則是選擇了不同的路。」

「所謂不同的路是指？」

「不是偏在於現象之中，時有時無，然後在不知不覺間搖曳消散，曖昧而生死不分明的那種靈精的生活方式。

而是明確區分出生死，擁有肉體──像人類的生活方式。」

身為幽靈的古斯講出這種話，有點諷刺的感覺。

而古斯大概也有自覺，聳了聳肩膀。

「那些靈精們簡單來講，就是愛上了人類。」

聽到古斯這樣浪漫的講法，布拉德頓時「噗哧！」笑了出來。

霎時，古斯透過念力朝布拉德丟出一顆小石子。

「痛！老頭你做什麼！」

「吵死了！給老夫閉嘴！」

受不了你這傢伙。古斯生氣地繼續講道：

「那些憧憬擁有肉身生命的靈精之中，屬於風、水與樹木的靈精們便找森林的女神蕾亞希爾維亞商量了。

這女神雖然崇尚享樂、個性反覆無常，但或許也正因為如此，與那些瞬息萬變的現象，也就是靈精們非常親近吧。」

而這位女神接受了靈精們的願望。

「於是女神蕾亞希爾維亞的眷屬——精靈族就此誕生了。他們是如樹木般長壽，如疾風般迅敏，如流水般優雅的種族。

而這位多情的女神也顧慮到靈精們對人類抱有憧憬的想法，因此讓他們能夠與人類結為連理……據說人類與精靈間之所以能生出混血兒，就是這樣的原因。」

講到這邊，古斯聳聳肩膀。

「然而，就好像自古有句俗話講『鄰家的小麥總看起來較豐碩』，有時候是因為不屬於自己才會產生憧憬的想法。在有些精靈族積極與人類交流的同時，也有某部分的精靈族感覺肉體其實比想像中還要不自由，而開始懷念起還是靈精的時代。

……抱著戀慕與人類交流的上古精靈們，後來因為混血與壽命的關係，隨著歲月自然而然地消失了。時至今日，有時候人類之間會生下半精靈的小孩，就是這樣一段過去所留下的因果。

相對地，懷念靈精時代的精靈們則是選擇與同族夥伴們留在森林深處過著封閉的生活，因而保留了他們的純粹性。」

「……呃，也就是說？」

「這並不是在講哪邊比較好，或者有什麼特別的涵義。就只是說明曾經有那麼一群精靈，各自做出了不同的選擇而已。」

我總覺得這是有點引人深思的話題，但古斯的態度倒是相當乾脆。

「就是因為這樣，現存的精靈們個性都非常封閉……其實混熟之後會發現他們都是不錯的傢伙，只是要讓他們認同為自己人的過程很漫長就是了。」

布拉德補充說明似地接著如此說道。

「他們雖然身材纖細，卻是很敏捷的戰士、有實力的獵人。而且追本溯源是從靈精變化來的，所以擁有妖精師素質的傢伙也很多。

「……哎呀，總之在森林中絕對不要和精靈族起衝突，那真的超可怕的。」

聽說甚至有把妖精術修練到極致，捨棄了肉體又恢復為靈精的瘋狂傢伙喔？布拉德如此說道。

「雖然老夫認為那謠言有點可疑就是了……不過擁有肉體的存在中有可能轉化為靈精的，除了精靈以外應該也沒其他種族啦。

他們是森林女神的眷屬，是最為接近靈精的存在。與人類相近，卻又遙遠。是很偉大的一群存在。」

古斯就這樣為精靈族的話題做了個結論。

「……然而也有另外一群存在是和精靈族們以不同的形式獲得了肉體，就是土、石與火的靈精們。

掌管不變屬性的土與石，掌管破壞與創造的火，他們與女神蕾亞希爾維亞的感情並不太好。而且說到底，他們根本也沒有憧憬人類的生活方式。」

「這樣啊？那為什麼會想要獲得肉體？」

「他們所憧憬的是人類的技術。從土中採掘出礦石，以火精煉，製成金屬。他們對於這樣的東西感到非常有趣。

通常靈精或妖精們並不喜歡金屬氣味，因此那一群靈精可說是相當怪異的類型。」

古斯聳聳肩膀。

「而他們所找的商量對象，是火焰與技巧之神——布雷茲。

布雷茲個性寡言而頑固，喜歡製作與創造東西。然而一旦激動起來，也會成為帶來嚴重破壞的憤怒與戰鬥之神。

他與對工藝產生興趣的靈精們簡短交談，確認那群靈精意志堅定後，便默默點頭，收為自己的眷屬並賦予了肉體。」

到這邊的過程上跟精靈族是一樣的。古斯如此說道。

「……就這樣，火神布雷茲的眷屬——矮人族誕生了。矮人族就像土石般頑強而長壽，如火焰般能夠看透黑暗，擅長使用熔爐。

但因為使用的是靈精們討厭的金屬製品，所以他們在性質上變得與純粹的靈精差異甚大，妖精們也避而遠之。因此在矮人族中並沒有像精靈族那樣的妖精師。」

我默默聽著古斯這段說明。

真是一段內容充實又有趣的話題。

精靈族與矮人族。與人類相似卻又不同的種族。

……不知道我以後在外面的世界有沒有機會遇到呢？

「不過取而代之地，他們信仰祖神布雷茲，探索古老的《話語》，並融入鍛造與雕刻的技術之中。使物品附加《話語》——也就是在刻畫記號的技術上，沒有任何工匠比他們更優秀。

矮人族多半都住在礦山中，因為祖先是土石靈精的緣故，喜歡穴居生活。這使得他們個子都很矮，體格像木桶一樣粗壯。很愛喝酒，力氣大，多數都會留鬍鬚。是優秀工匠的同時，也是出色的戰士。」

聽到古斯這麼說，我的視線很自然地望向布拉德。

「沒錯——那群傢伙真的很有本事。」

布拉德點點頭，簡短回應。

我不禁感到驚訝。

因為那聲音聽起來，布拉德是打從心底表示讚賞的。

「再告訴我詳細一點！」

「就算你要我再詳細一點嘛……」

布拉德稍微思索了一下。

「那群傢伙個性木訥……然後對於戰鬥的意義，以及所謂的勇氣，都有很深刻的理解。心中就像有一根挺直的脊柱支撐般，抱著非常堅定的信念。」

這時候就連古斯也沒有插嘴調侃布拉德，而是露出溫和的眼神聽著他講話。

「他們隨時都在思考一件事情。」

「……什麼事情？」

「就是值得讓自己賭上性命戰鬥的理由究竟是什麼。」

在布拉德的眼窩中，青白色的鬼火熊熊燃燒起來。

「然後當找到那個理由時……」

停頓一下後。

「——他們便會燃燒自己的靈魂，帶著勇氣的烈焰挺身戰鬥，絕不恐懼死亡。」

布拉德如此說道。

連布拉德都會說到這種程度。

……好厲害。我不禁豎起雞皮疙瘩。看來所謂的矮人族，是貨真價實的戰士。

「我對矮人族的戰士們都抱有敬意。至少我過去認識、一同戰鬥過的那些傢伙，都是真正的戰士。」

我忍不住萬分期待能與他們相遇的那一天。

究竟會是什麼樣的面孔呢？

挺直的背脊，綁成辮子的鬍鬚，閃閃發亮的斧頭，充滿自豪的堅定眼神。

我想像著那樣的外觀，並幻想能與他們並肩奮戰的那一天。

「……老夫倒是不太喜歡他們。」

古斯這時忽然用不太高興的聲音如此說道。

這句話讓我感到有點意外。

「是喔？」

「唔……當然，老夫認同他們擁有相當優秀的知識與技術，也承認他們都是一群決心堅定的戰士。」

古斯說著，嘆了一口氣。

「但那群傢伙……為什麼會那樣個性乖僻又對錢斤斤計較！簡直不敢相信！」

我眨眨眼睛，忍不住看向旁邊，與一臉難以置信的布拉德對上視線。

——不管怎麼想，那絕對是同類相斥啊。

在昏暗之中，我醒了過來。

眼前看到的是木板釘成的房間天花板。

還真是一段教人懷念的夢境。

「啊啊……」

我總算多多少少明白自己那時候會幫助那群矮人族的真正理由了。

……是因為我感到很難過。

挺直的背脊，綁成辮子的鬍鬚，閃閃發亮的斧頭，充滿自豪的堅定眼神。

並不是說我這樣的想像遭到背叛。

而是布拉德……那個布拉德認同為戰士的矮人族，竟渾身汙泥，手腳細瘦，眼神充滿不安地警戒張望周圍。

戰戰兢兢地、態度卑微地窺探我的反應。

那樣的情景讓我感到無比難受。

你們不應該是那樣的。

不應該是那樣。

你們其實應該很厲害才對。

你們應該、應該——

當時的我肯定是很想這樣告訴他們吧。

……當然我知道，這只是我把自己心中的理想擅自強加在他們身上而已。

可是，就算這樣。

即便明白這點，我還是忍不住想那麼做。

我希望他們能找回驕傲。

我希望他們不要再露出那樣卑微、那樣窺探別人反應的眼神。

我希望他們能挺起胸膛。

……正因為如此，他們現在能夠在這座城鎮中抬頭挺胸生活的樣子，讓我非常開心。

「…………」

我緩緩爬下床。

這是一張在成堆的稻草束上鋪有白色床單的床鋪。

和直接睡在稻草堆中不同，起床時稻草不會黏在身上。

我接著靜靜打開房門，來到走廊上，前往庭院的水井。

我現在住的家，位於城鎮的中央附近。

是將遺跡中相對上構造保存得比較完整的屋子改建而成的。雖然我並沒有特別想要住很大的房子，但要是我不住大房子，其他人都會顧慮我、跟我客氣。而且經常會有客人來訪、留宿，因此周圍的人也勸我住大一點的房子會比較好。

到頭來，我變得必須雇用傭人。

也就是女僕小姐。

因為保有前世各種虛構作品的記憶，讓我對於「雇用女僕」這樣的行為多少感到有點心動。然而……

「……啊，早安。」

「哦哦，少爺，早安。」

「噗哈哈，你頭髮翹得好誇張！去好好梳理一下吧！」

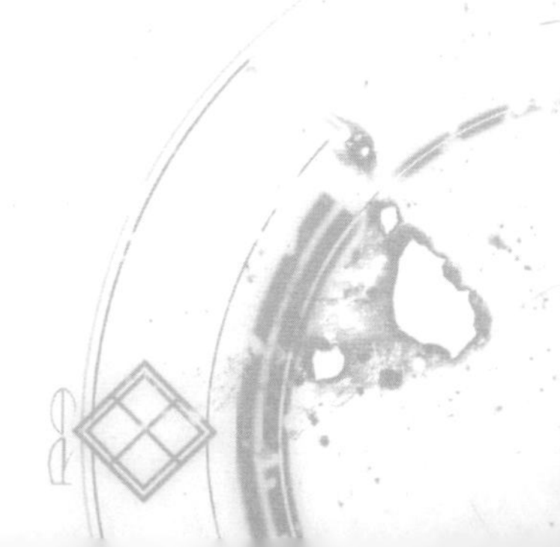

前來應徵的卻都是住在附近的阿姨們。

……現實就是這麼一回事。

當然，她們又是打掃又是做菜又是洗衣服地，表現得相當活躍，因此還是讓我感到非常可靠。

多虧有她們，我在生活上可以比較從容，有更多時間能鍛鍊自己。

以前古斯說過，「時間」這種東西在某種程度上可以用錢買到。而我現在的狀況正是如此。

我用吊桶從井中打水上來。

拉起吊桶的同時我不經意想到，要是有手壓式幫浦就方便多了。

我記得那東西的原理好像是利用單向閥門，藉由壓力把水打上來的樣子……但我不知道詳細的構造。

而且仔細想想，現在根本沒有那麼大量的金屬可以使用。或許有辦法重現出那樣的功能，但沒辦法普及就沒有意義吧。我一邊洗臉漱口，一邊做出了那樣的結論。

「好。」

最後，我沾了點水梳理亂翹的頭髮。

……壓不下來。

「奇怪。」

再多沾點水，仔細梳理。

「好！」

唰。頭髮又翹了起來。

「唔、唔唔唔……！」

再試一次。這次梳得更仔細。

「……這次一定沒問題！」

又翹起來了。

實在有夠煩人。

梳好。翹起來。梳好。翹起來……

「…………這、這次一定、沒問題。」

……又翹起來。

「吼啊——！」

我把整桶水都倒在自己頭上。

「……所以你的頭才會溼成那樣嗎？」

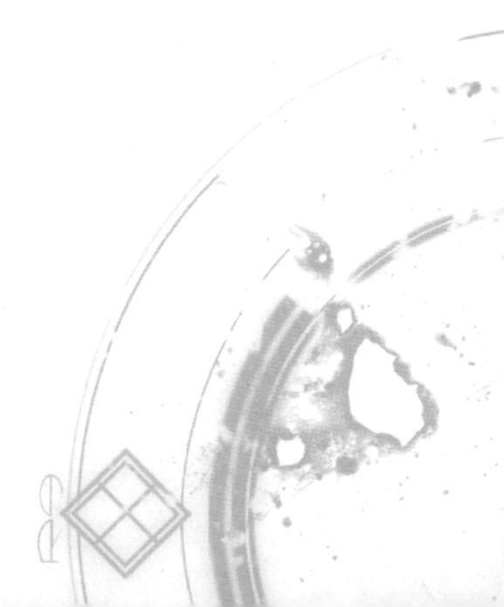

在宅邸的庭院。

梅尼爾一邊「你也太蠢了吧～」地笑著，一邊壓住我的頭。

「咕、嗚……！」

我則是抵抗他的力氣，用力把頭往後仰。

這是針對脖子的肌力訓練。

脖子的肌肉雖不算起眼，卻很重要。

當頭部遭到對手毆打的時候，或者被掃腿絆倒的時候，能夠保護頭部的就是脖子的肌肉。

要是這部位太弱，很容易釀成嚴重的傷害。

「來，第九次……第十次！」

「唔、唔……」

相對於梅尼爾毫不客氣往下壓的力道，我緩緩吐氣的同時，用力仰頭往上抵抗。

「好，交換。」

「呼……」

就這樣，我們陸陸續續進行著各種基礎的肌力鍛鍊與伸展運動。

手臂、腳部、腹部、背部。雖然每天加強訓練的部位不同，但只要是戰鬥上會使用到的部分都會鍛鍊到。

柔軟強韌的身體是一切的基礎，要是沒有持續訓練、持續攝取充分的食物，就會失去優秀的身體。

我以前在死者之街每天都會鍛鍊自己，然而後來因為工作或旅行移動的關係，很難做到這點。

到最近有了自己的據點，才讓我總算可以重新開始充分鍛鍊，要不然上次與科爾努諾斯交手時我應該就沒辦法靠蠻力扳倒對手了吧。

……我不禁覺得，真虧布拉德可以一邊旅行還一邊保持那樣強勁的肌力。

或許他有什麼訣竅吧。早知道就問問看了。

「好，那麼接下來是……」

「揮劍練習吧。」

不過——我拿出來的並不是劍。

而是重量有劍的三倍，在又長又粗的木塊下面加上握把的東西。

「嘿、咻！」

首先試著揮動一下。

空氣「轟」地發出被撞開的聲響。

布拉德以前說過，平常就是應該揮舞比武器沉重的鍛鍊道具，到了實戰的時候才能自在揮舞武器。關於這點我也認同。

「你還是老樣子，力氣大到跟外觀一點都不符啊。」

梅尼爾傻眼地如此說道。

繼承有精靈族血統的他身材纖細，雖然瞬間爆發力和敏捷性上非常驚人，但力氣只算普普通通。

「我倒希望不是跟外觀不符，而是我的外觀也能跟力氣相符的說……」

當然，我的身材看在別人眼中，應該會覺得有受過相當程度的鍛鍊吧。

可是不知道為什麼，我就是不會變得像布拉德那樣有魁梧巨漢！肌肉發達！的感覺。或許這也關係到個人的骨骼架構啦——不過總覺得在這個世界大概是因為瑪那之類的要素影響，肌肉量和力氣似乎並非完全成比例的樣子。

雖然我很希望自己能變得更有「硬漢」的感覺，但遺憾的是包含個性在內，我就是沒辦法變得很「徹底」。

「你那樣比較容易讓人親近，不是很好嗎？」

「人就是會憧憬自己沒有的東西啊！」

「你也知足一下吧。」

像這樣交談一下後，我們便開始練習揮劍。

梅尼爾握著比我手上這把細的練習棒，和我一起互相計數，反覆揮落或挑起。

腳步動作、軀體動作、手臂動作、劍的動作。

每個部分都仔細連貫，將腳部開始的動作傳遞到劍峰。

確認自己現在的動作，為將來持續磨練。

「…………？」

就在這時，我忽然感受到視線。

有時候雷斯托夫先生或其他冒險者們也會跑來參加我們的早晨訓練，住在宅邸附近的小孩子也偶爾會跑來觀看。

但我總覺得現在的視線不是那樣的感覺。

我試著找了一下視線來源——找到了。

隔著一塊小菜園，有個人躲在矮樹籬後面窺視著我們。

是我沒見過的黑髮人物。

「梅尼爾，你繼續保持那樣。」

我如此交代後，便走向那個人物。

要看我們練習我是不介意，但是像那樣感覺在偷窺的話，搞不好會被周圍的居民誤以為是什麼小偷。

畢竟這世界稍微比較粗暴，到時候就會引來叫罵，弄個不好還可能演變成流血事件。

其實對方只要跟我們講一聲，光明正大進到庭院來看就好了。

這點程度的事情，我和梅尼爾都不會在意的。

「早安。」

我打了聲招呼後，躲在樹籬後面的人物嚇得全身抖了一下。

接著畏畏縮縮抬頭看向我的那個人……是將黑髮綁成辮子、有點駝背的矮人族男性。

雖然矮人族的年齡很難判斷，不過他鬍鬚很短，所以應該還很年輕吧。

「真是不錯的早晨呢。」

「呃、那個、早、早早……早安、您好……」

對方慌慌張張站起身子我才發現，以矮人族來說他算身材很高，而且骨骼也很粗壯。

但因為駝背又表現得畏畏縮縮，讓人完全感受不到體格造成的壓迫感。

「如果不介意，要不要進來裡面，而不是站在那種地方看？」

我判斷對方似乎是個內向的人，因此盡可能用平靜溫和的態度向他如此說道。

「呃、那個……」

他原本飄忽不定的視線漸漸鎮定下來——

「喂，威爾，你在拖拖拉拉什麼啦？」

然而，梅尼爾大概是覺得我回去得太慢，結果中斷揮劍練習走了過來。

「嗯，你誰啊？以前都沒見過哩。」

「咿！」

面對新人物的登場，矮人先生嚇得肩膀抖了一下。

「幹什麼啦？我又不會把你吃掉。有興趣嗎？想看就進來看啊。」

「不、不用……！」

梅尼爾雖然很親切地向對方搭話，但這樣是不行的。

像這種狀況下，對個性內向的人用那種搭話方式，反而會——

「我、我、不必了！不好意思打擾了兩位練習，告辭！」

對方動作慌慌張張，不過還是非常有禮貌地對我們一鞠躬後，連滾帶爬地跑走了。

我雖然「啊！」了一下，但畢竟我們之間有樹籬擋著，而且也不是什麼需要勉強叫住對方的狀況。

「唔……」

我看著對方的背影轉眼間離去後，接著對梅尼爾投以有點抱怨的眼神。

該怎麼說呢？或許這樣講對那人有點失禮，但我總有一種像是好不容易變得稍微親近的貓咪從眼前逃掉的感覺……

梅尼爾大概也察覺出我的心情，於是舉起一隻手，輕輕對我擺出道歉的手勢。

「呃、抱歉。」

「對那類型的傢伙，我那樣只會得到反效果啊……」

「就是說嘛，真是的。」

「看他那樣子，不知道是對我們的鍛鍊產生興趣，還是對你有興趣……」

會跑來看我們練習的人，通常都是因為這兩種理由。

「應該是對鍛鍊吧？畢竟矮人族是戰士種族啊。」

「不，那怎麼看都不是當戰士的料，應該是對傳聞中的聖騎士(Paladin)產生興趣吧？」

我就像這樣和梅尼爾交談討論，抱著有點可惜的心情，回去繼續練習揮劍。

不知道為什麼，總覺得我和那個人應該可以變得很要好。

——他會不會再來看我們練習呢？

我這樣的念頭隨著把專注力放到揮劍練習上，漸漸在我心中溶解消散。

◇◆◇◆◇◆

鐵鎚的聲音。鋸子的聲音。

紡織機發出織布的聲響。

從巷子中傳來小孩子們嬉戲的聲音，以及師傅叫喚徒弟的聲音。

交雜在這些聲響之中，還有隨著工作的節奏拍子哼唱的歌曲。

我完成了各種公務後，下午來到矮人街——這是對矮人族們聚集居住的街道以及周邊地區的通稱——從入口處便能聽到開朗而充滿活力的聲音。

「…………」

環顧四周可以看到一棟棟石造的屋子被進行過各種擴建或改造，有許多房子都變得像工坊一樣。

到處拉有晒衣繩，衣服隨風擺盪著。

這地方還是老樣子這麼熱鬧啊。我如此想著，並進入街道中。

在路上走著走著，鋸子的聲音忽然停息。

是路旁幾名正在進行木工的矮人族們停下手中的工作，紛紛脫下帽子對我深深一鞠躬。

當中有個我認識的對象。身材微胖，看起來充滿朝氣，留有一臉大鬍鬚……

「索利先生，工作辛苦了。」

「不會不會！歡迎您大駕光臨，聖騎士（Paladin）大人。請問您一個人嗎？」

「啊哈哈，畢竟也不是什麼誇張到需要帶人一起來的大事情嘛。請問阿格納爾先生在嗎？」

「是！阿格納爾老大就在他自己家！喂，霍茲，你跑一趟去通知老大！」

一名年輕的矮人族「了解」地點頭回應，並放下手中的工具。

「啊，不需要到那種地步啦。」

「不不不！要是領主大人來訪卻沒有好好招待，阿格納爾那傢伙屁股也會坐不穩的啦！」

「了解！」

年輕矮人族霍茲先生又點點頭便跑了出去。

這下變得有預先通知將要到訪，如果我去得太快反而會很失禮，給對方添麻煩。

畢竟事先通知就是為了給對方時間進行準備。

……既然這樣，反正也難得有這個機會，就稍微和索利先生聊聊之後再過去吧。

雖然矮人族們大部分都很沉默寡言，不過索利先生倒是很多話。

咱生來就是這種個性了，也沒辦法啊。索利先生笑著如此表示。

對我來說，他也是個比較容易親近，好講話的對象。

「請問最近生活過得如何？」

「哈哈哈！跟以前簡直是天壤之別啊！可以盡情做東西、賣東西！不用擔心明天沒飯可吃！實在感激不盡啦。」

「那樣就好。那附近其他居民們有遇上什麼問題或煩惱的人嗎？」

「嗯～讓咱想想……」

索利先生列舉出關於鍛造廠的噪音以及引發的抱怨。

還有因為矮人族與人類在生活習慣上的不同所造成的麻煩等等，生活上幾項較細節的問題。

於是我拿出將筆和墨水壺組合在一起的銅製隨身文具盒，在當成備忘錄用的一疊寫錯文件背面抄下筆記。畢竟紙張是很珍貴的東西。

「哦？那組攜帶筆，做得可真好啊。」

「這是很久之前，我請阿格納爾先生幫我做的。」

「原來如此，既然是阿格納爾老大做的，那也難怪。」

攜帶用的文具是製作起來相當困難的東西，不過當時我下完訂單後對方很快就幫我做好了。

矮人族之中優秀的工匠真的很多。

「另外……最近不管人類還是矮人，有很多人漂流到這座城鎮定居。畢竟咱們當初也是那樣，所以沒資格多講什麼，但咱們也不是隨時都有工作可以給人做……」

「這麼說確實沒錯。」

「可是好好的年輕人如果不工作，整天無所事事也很不好啊。」

「而且某些狀況下也會影響到治安呢。」

我對索利先生說的話點點頭表示同意。

因為城鎮發展起來的評價流傳出去的緣故，來到這個地區的人口越來越多。這本身是一件好事，但想當然也不是隨隨便便都有工作可以提供給所有新來的居民。

在河港裝卸貨物，將遺跡重建為城鎮的土木、建築工作。

工商業、林業以及料理店或酒館等等的服務業……雖然各式各樣的行業都興盛起來，也不代表就能持續提供足以養活幾十人的職業空缺。

……有沒有工作可做，是很重要的一件事。

感受到自己對社會有所貢獻的體認，可以使人產生自尊；相對地要是沒有工作，人就會喪失自尊。

另外，失去工作就代表失去收入的意思。

要是陷入經濟上不穩定，連明天有沒有飯吃都不知道的狀態，無論是誰都會感到焦慮、不安的。

一個人如果自尊心徹底被磨耗，每天被焦慮與不安籠罩，有時候可能會因為一點小念頭就做出犯罪行為。

該怎麼說呢……就是會變成對於犯罪「很容易找藉口」的狀態。

因為自己被逼到走投無路，所以是沒辦法的事情。

為了要活下去，這也是沒辦法的事情。

既然不可能長久活下去，乾脆就盡情放縱一場。

這是沒辦法的事情。反正來日不多了。壞的人不是只有我，把我逼到這種地步的環境、社會一樣很壞啊。

反正就算從那些傢伙身上偷一點錢，他們也不會死掉——來，鼓起勇氣！豁出去吧！

就像這樣的感覺。

……要問我為什麼可以憑空想像出這種事情？畢竟我上輩子的狀況也沒好到那裡去啊。

因此對於被逼到絕境的人、快要走投無路的人腦中會有的思考，我多多少少可以模擬出來。

然後，要是這樣的人口增加，犯罪就會增加。

當然也是有品格很高尚，能夠忍耐困境不染指犯罪的人。但無法忍受而誤入歧途的普通人同樣也存在。

既然兩者之間呈現一定的比率，那麼只要因為沒有工作而陷入不安的人口分母增加，就無法避免犯罪發生率的增加。

無法避免犯罪率增加，治安就會惡化；治安如果惡化，花費在取締管理上的資源就會增加……陷入惡性循環。

必須從最源頭的地方解決問題才行。

在這次的狀況中，因為無法避免外來移民，所以要想辦法增加職業空缺，使經濟運轉——應該就是解決的方法吧。

這類的問題要是放著不管，往後可能發展出的事態真的會很嚴重。

移民增加。大家開始爭奪不需要特殊技能的單純勞動工作。治安惡化。移民與原本居民之間形成並加深對立關係，引發糾紛。

從起初主要在經濟活動上的糾紛，漸漸演變成針對特定集團的歧視情感。要是讓經濟構造和歧視想法糾結在一起，就會變成影響往後好幾百年的禍根。

像這樣的禍根炸彈會以現在進行式一分一秒地倒數計時。如果我們沒能徹底解除炸彈，將會在後世發生大爆炸。

在我上輩子的記憶中，各國在關於移民、難民的收留或限制上也都是相當大的社會問題。如今自己站到這個立場上，我才總算明白了。

這真的是非常棘手的問題，萬一沒有好好運轉金錢與工作機會，使經濟活化，並妥善對應問題，搞不好就會像滾雪球一樣讓事態往更嚴重的方向發展。

……古斯以前說的一點都沒錯。讓金錢流通並持續循環，是非常重要的一件事。真教人頭痛。

「騎士大人？」

索利先生大概是對不自覺陷入沉思的我感到擔心，而叫了我一聲。

「啊！沒事沒事，對不起。我回去之後會安排一些對策的。」

總之也只能暫時先找托尼奧先生商量看看，設立一些公共性的事業……像是港灣維護或灌溉事業等等，收容增加的勞動人口了。

另外還要向比較懂這些事情的人物們請教意見。像這類問題的解決辦法最基本的就是腳踏實地與各方協商，形成共識。

畢竟我不希望引發什麼暴動，因此在演變成那樣嚴重的事態之前必須預先振興經濟。還有要緩和文化上的摩擦也很重要。

就在我腦中做出總結的時候，剛才跑去通知的年輕矮人霍茲先生剛好回來了。

「老大說，他隨時恭候大駕光臨。」

「好的，謝謝你。不好意思，還勞煩你跑了一趟。」

看到我露出微笑稍微低頭致謝，霍茲先生頓時睜大眼睛，慌慌張張地揮動雙手。

「哪裡哪裡！小的承受不起！」

「不，你真的幫了我很大的忙。索利先生也是，今天非常謝謝你。下次有機會再聊。」

「能聽到聖騎士(Paladin)大人這樣說，實在無比光榮啦。只要您願意，咱隨時都歡迎！」

我接著又微微低頭致意後，邁步離開。

相對地，那兩人則是深深彎腰鞠躬，目送我離去。實在讓我有點尷尬。

仔細看看，在路上的其他矮人們也都注意到我的存在，紛紛鞠躬恭送。

當然我知道自己是站在會讓他們這樣做的社會地位上，要是我強硬拒絕只會讓對方困擾，因此只能選擇接受……但心中還是會覺得很不自在。大概是因為前世的記憶，或者單純是我尚未習慣吧。

雖然我也認為自己應該早點習慣這點，表現得更落落大方才行。

但要是徹底習慣了受人尊敬，又感覺好像某種重要的東西會漸漸麻痺，讓我有點害怕。

……變得偉大也是一門學問啊。

◇◆◇◆◇◆

「突然登門拜訪真是不好意思。」

「哪兒的話……歡迎您大駕光臨。」

矮人街上有一棟特別大的宅邸。

在會客室中穩重緩慢地開口說出第一句話的人物，是個有著光溜溜的禿頭、鐵灰色的鬍鬚編得非常整齊、充滿威嚴的矮人。

他就是這條街的頭目——阿格納爾先生。

在他旁邊還有一名我沒見過的老矮人。一頭白髮直而整齊，外表給人感覺很粗獷。

……我當下的感想是：這個人的眼神看起來真疲憊啊。

「這位是幾天前來到這條街的移民代表，論輩份算是我的大叔父，名叫古蘭迪爾。」

「…………請多關照。」

對方話語簡潔地對我低頭致意。

「我是索斯馬克公爵埃賽爾巴德殿下的部下，負責治理這片《獸之森林》的威廉。」

我將右手放到左胸口，左腳微微往後縮，向對方回禮。

既然對方是一個集團的代表，我就不能太失禮。

古蘭迪爾先生也用同樣的動作對我回禮。

他的動作相當自然……代表他熟知古代禮儀嗎？也就是說……

「請坐。」

就在我想到一半時，阿格納爾先生的話打斷了我的思緒。

他請我坐的是相當於上座的席位。

「好的，謝謝你。」

這點我也因為立場上的關係不方便拒絕，只能忍住自己想客氣的心情，坐到位子上。

不久後，阿格納爾先生的夫人端茶過來了。

……關於矮人族的女性，有些人說是如妖精般美麗，有些人卻說是身材粗壯還長有鬍鬚。傳言形形色色。

不過等我和他們相處得比較親近後才知道，其實這兩種講法都是真的。

矮人族女性在年輕的時候看起來就像稍微比較有肉的妖精，相當美麗。然而大概是因為她們不怎麼注重外表的緣故，結婚之後很快就會變得像大媽一樣。

而矮人族男性對於她們這樣的變化並不太在意。

再加上矮人族在文化上，男性似乎不太喜歡讓女性露面，有種「別讓外人看到咱們女人！」的觀念……

我想大概就是因為外人偶然看到的矮人族女性成為了情報來源，才會形成像「是妖精」「不對，是鬍鬚女」這樣兩極端的傳言吧。

……至於阿格納爾先生的夫人是妖精還是鬍鬚女，我就不明講了。

言歸正傳，我享用了一口藥草茶，並思考接下來的展開。

關於《黑鐵之國》的話題對他們矮人族而言是非常重要的部分，因此我還是別劈頭就切入主題，而是稍微聊聊天緩和一下氣氛會比較好吧。

「請問古蘭迪爾先生是為什麼會來到這裡呢？」

我感受著藥草茶獨特的香氣與苦味，並選擇了比較不會出錯的話題。

「——為了死。」

然而對方卻說出如此驚人的回答，害我差點把藥茶都噴出來。

「咳咳……呃、失禮了。」

「古蘭迪爾大人，你講得那樣簡要，會害人吃驚的。」

阿格納爾先生有點責備似地這麼說道。

結果古蘭迪爾先生露出一臉傷腦筋的表情，沉默了一段時間。

我則是正襟危坐地等待對方開口。

古蘭迪爾先生緩緩整理好思緒後，用平靜的語氣再度開口。

「老夫們已經來日不多……因此希望能眺望著故鄉死去。」

「——威廉大人，這位古蘭迪爾大人是西方山脈的倖存者。」

聽阿格納爾先生如此解釋，我便稍微明白了。

如果換作是我老了，大限將至時……或許也會希望能眺望著那座神殿的山丘死去吧。

「故鄉的山如今已不屬於咱們。但老夫們聽到謠傳，說有英雄將魔獸橫行的山腳下樹海重新搶回到人類手中。」

但即便如此，我也不敢講自己能完全體會古蘭迪爾先生的感受。

不知道他究竟是抱著怎麼樣的心情？

「從遠處眺望那教人懷念的山脈……夢想著族人們總有一天能夠奪回故鄉。若能夠這樣迎接自己的死期，那將是多麼幸福的一件事。眾人如此討論後，老夫便帶著同樣想法的夥伴們，來到了這裡。」

不論如何期望，都無法回到自己的故鄉，究竟是多麼悲傷的事情？

遲遲無法奪回故鄉的土地，究竟是多教人不甘心的事情？

說自己只要能遠遠眺望著故鄉死去就很幸福，究竟是要經歷過多坎坷的歲月才講得出口？

「或許老夫們的存在會給您添麻煩，但無論是什麼工作咱們都願意做。只望在這條街上有個角落能夠收留咱們。」

我不知道。

我無法完全理解他們的心境。

……然而，正因為如此……

「請放心。我會盡己所能幫助你們。」

我身為這座城鎮的管理者，必須展現出自己的意志與責任心才行。

於是我用雙手握起古蘭迪爾先生的手……

「──我必定會保護各位，免受不合理的遭遇所苦。」

如此對他說道。

看著對方的眼睛，誠摯地傳達自己的想法。

「噢、噢噢……」

握起的手忽然開始發抖。

我忍不住看向手……又再度拉回視線，竟看到古蘭迪爾先生眼眶湧出了淚水。

「感激不盡……感激不盡…………」

他用顫抖的手反過來回握我的手。

一次又一次地不斷對我致謝。

兩百年前，在《黑鐵之國》有個君主。

身材矮小纖細，不擅武藝而喜愛讀書，平常話不多，總是沉思默想——

居住於聞名天下的岩之館，《黑鐵之國》最後的君主——奧魯梵格爾。

自先王手中繼承了王位的他雖將王國治理得井井有條，但戰士們還是不禁哀嘆。

咱們這一代君主受到的竟不是火神布雷茲，而是知識神恩萊特的恩寵。

國民們並不討厭那樣的君主。

無論能夠戰鬥或無法戰鬥的人，奧魯梵格爾皆一視同仁。

他非常能夠理解不是戰士的人心中的感受。

但戰士們就是對這點非常不滿。

當危險時總是挺身站在最前線，抱著送命覺悟奮戰的自己，竟然要和不是戰士的傢伙受到同等對待。

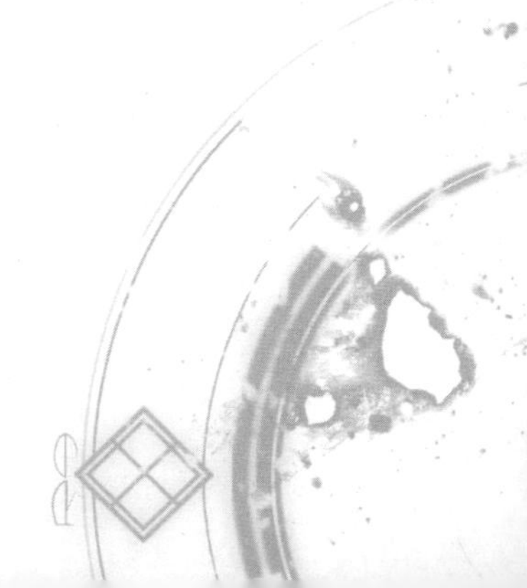

君王根本看不起咱們！戰士們高舉酒杯，如此悲嘆。

就只有名字取得響亮勇猛！簡直不成體統！戰士們高舉拳頭，如此怒吼。

即便知道有那樣的悲歎聲、怒吼聲，君主奧魯梵格爾也始終只是一臉傷腦筋地笑笑而已。

雖然蘊藏有這樣小小的摩擦，但王國依舊算是運轉得很順利。

那是個和平的時代。

人民歌頌著國家的繁榮，各處幸福滿溢，就算社會上發生小小的不幸，人們也有餘力伸出援手。

沒有人需要流落街頭怨恨世界，抱著憤怒與痛苦結束生涯。

——然而有一天，暴風雨來襲了。

來自地獄的惡魔們大舉侵略，世界嚴重崩壞。

名列《大聯邦（Union）》成員的南方諸國陸續敗北，慘遭燒毀。惡魔大軍也一步步逼近《黑鐵之國》。

——那惡魔之王雖然擁有許多稱號，但誰也不曉得他真正的名字叫什麼。

有謂之《不死的劍魔》。

有謂之《王中之王》。

有謂之《無垢的邪惡》。

有謂之《無盡黑暗》。

有謂之《戰嵐的驅使者》。

有謂之《哄笑者》。

——有謂之《永劫者們的上王》。

……敗勢顯而易見。

位於南邊境大陸的南方諸國是對抗邪惡勢力的最前線，各個皆是以精悍出名的國家。

然而《上王》卻彷彿刺穿薄紙般輕易便攻陷了那些國家。面對那樣的敵人，黑鐵山脈即便有聞名天下的地底迴廊阻擋，也不知能撐過幾天。

而且在《上王》的陣營中，居然還有古代的龍助陣。

戰士們都不禁臉色發青，說不出話。就在這時——使者來了。

是惡魔的使者。

「——是否要服從於《上王》？」

惡魔如此說道。

《上王》喜劍。

《上王》雖能創造大軍，但無法製劍。

若矮人們願意發揮其工匠實力，服從於《上王》，惡魔就放過黑鐵山脈。

若戰士的本分是保護人民，這麼做才是正確的決定吧？

「如何？」

惡魔表示三天後再來聽取回答，便離開了。

只留下一群表情苦澀的矮人們。

──接著，人民們開始議論紛紛。

雖然有下達封口令，但謠言還是轉瞬間就流傳出去，每個人都在談論這件事。

搞不好這也是惡魔們企圖誘使王國自亂陣腳的手段。

唯有君主始終沉默。

畢竟矮人族本來就很封閉。

有人認為如果只是販賣武器的對象改變而已，其實也沒什麼不好。

懷抱嬰孩的母親也說道，要是國家被捲入戰火之中，這孩子也會沒命的。

唯有君主始終沉默。

當然，還是有非常多人認為惡魔不可信任，主張應該奮戰到生命的最後一刻。

但是究竟又該怎麼戰鬥才好？議論百出，各式各樣的意見得不到收拾。

大家都陷入混亂，大家都變得激動，怒吼叫罵──甚至發生了幾樁流血慘案。

每個人都在迷惘。

唯有君主依然沉默。

國臣們最後什麼結論也沒做出來，約定的日子便到來了。

沉默的君主奧魯梵格爾這時才第一次開口。

「我來決定吧。」

他說著，走向前來聽取回應的惡魔。

「答案如何？」

「這就是回答。」

奧魯梵格爾出其不意的一劍，如迅雷般砍下了惡魔的首級。

惡魔當場倒下。

君主拔出的是《黑鐵之國》代代相傳的靈劍──《黎明呼喚者(Call Dawn)》。劍身上絲毫沒有沾染惡魔的血液，綻放著銳利的光芒。

「這就是你們想要的鐵、想要的武器──盡情品嘗吧！」

嬌小細瘦的矮人君主高舉起靈劍。

人民們頓時歡聲雷動。

戰士們紛紛落淚，感動得說不出話來。

他們總算發現，原來自己一直以來都誤會了君主。

大家由衷感到愧歉，為自己的無知反省。

就在這時，倒地的惡魔發出了笑聲。

「龍會來的。」

從口中不斷冒出血泡，聲音混濁而不祥。

「龍要來了！龍要來了！瓦拉希爾卡！揮下災厄的鐮刀！」

翻起白眼的惡魔首級不斷狂笑、大叫著。

「什麼也不會剩下！」

奧魯梵格爾用力踩碎那顆頭顱。

接著只小聲呢喃了一句：

「休想得逞。」

為戰爭的準備工作持續進行著。

斧頭。盾牌。頭盔。鎧甲。

各種鋼鐵裝備包覆在矮人戰士們身上。

「把地獄的惡魔們拖進來，到地底下殺個一乾二淨。」

君主奧魯梵格爾如此宣告。

「就讓地底迴廊成為那群混帳的墳墓吧。」

全國人民與戰士們都聽從指示，進行殺死惡魔的準備。

凶惡的陷阱。

複雜的迷宮。

死守戰的預備物資。

短短幾天便完成這些工作後，奧魯梵格爾接著在大廳下達指示：

「所有不是戰士的人民以及還不成熟的年輕戰士們，馬上離開黑鐵山脈。」

這道命令當場引發了人民們的反彈。

因為他們也早就抱著要與君主同生共死的決心。

難道您是嫌咱們會礙事嗎！

請讓我們也隨您一同奮戰吧！

憤怒、失望與懇求的聲音此起彼落，但奧魯梵格爾卻始終沉默不語。

他仔細傾聽著人民的聲音，等到大家情緒漸緩時，忽然將《黎明呼喚者(Call Dawn)》的劍鞘前端敲在地板上。

響徹四周的聲音，讓現場的騷動又更減緩。

奧魯梵格爾抓準這個機會，將手放在劍柄末端，挺起胸膛說道：

「子民們，我將死去。留在山中的所有戰士們想必也難逃一死。」

聽到這句話，人民頓時安靜下來。

君主奧魯梵格爾的這段發言，是即將面臨死亡的人說出的話語。

「——但是，我們不能讓《黑鐵之國》死去。」

這句話中，充滿了平靜的決心。

「我的人民們，我視各位如自己的孩子。因此要對各位下達如此自私的命令，讓我痛苦得胸口欲裂。」

然而，我還是要命令各位。

君主奧魯梵格爾接著開口：

「活下去！」

他繼續說道：

「縱使要失去故鄉，受盡屈辱與悔恨折磨！下山，活下去！這便是我命令各位進行的戰鬥！大家並不是逃跑，而是從此刻起背負起另一種不同形式的戰爭。」

聲音響徹大廳。

「我們這些君王與戰士們將會守護驕傲、守護名聲，一起死在這座祖靈沉眠的山中！而我要各位捨棄自尊，將一切都賭在自己的生命上活下去！絕不可讓爐火熄滅！」

他說著，深深吸一口氣後，又再度大喊：

「諸位，活下去！活著繼續戰鬥下去！直到復興的那一刻！」

這就是……

「——這就是我最後的命令！」

這就是《黑鐵之國》最後的君主對生存者們留下的最後一句話。

他接著便率領戰士們，離開了大廳。

做好與惡魔們決戰的準備——迎擊數量驚人的惡魔大軍，甚至古代的龍，最後全部犧牲了。

下了山的人民們以及負責保護那些人民的戰士們，則成為了失去故鄉的浪民。

跟著其他大量的難民們渡海北上，面臨充滿苦難與屈辱的人生——

即便如此，大家依然緊咬牙根，將君王的話語深藏在心中兩百年。

有人成為工匠。

有人成為傭兵。

兩百年的歲月，他們就這樣努力活了下來。

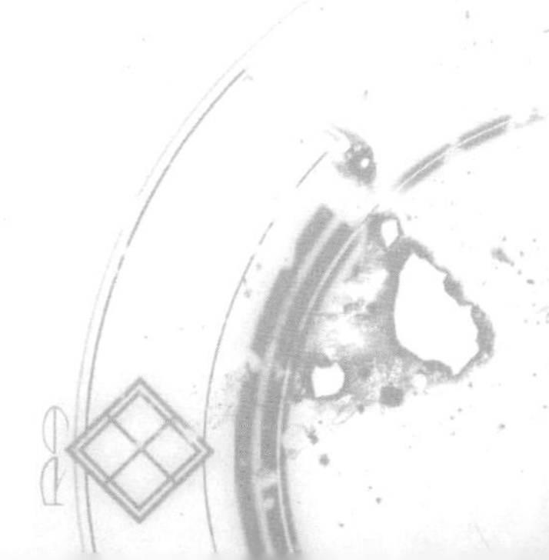

◇◆◇◆◇◆

「……這便是咱們的祕密。黑鐵山脈之民的傳承。」

因酒精滿臉通紅的禿頭矮人——頭目阿格納爾先生如此說道。

「我當時尚未出生。而古蘭迪爾大人則是……」

白髮矮人——古蘭迪爾先生哭泣著。

一方面也是因為喝了強勁烈酒的緣故，真的是哭得一場糊塗。

見面那段對話之後，我試著拜託他們能不能告訴我關於從前的事情，結果他們便靜靜點頭，告訴了我這段歷史。

「老夫……老夫們當時才剛當上禁衛戰士……」

古蘭迪爾先生像個小孩子般擤著鼻子。

「沒有辦法和戰士的前輩們並肩戰鬥……只能聽從命令……和人民一起……嗚、嗚嗚……」

阿格納爾先生一臉同情地看著古蘭迪爾先生。

「然而，那也不是什麼輕鬆的任務。在寒冷的天氣中……因為無法承受路途艱辛……小孩們……小孩們一個接一個喪命。那些總是帶著笑容，激勵周圍的人們努力加油的開朗孩子們……漸漸變得疲憊，連笑也笑不出來……因疲勞而恍惚，光是染上小小的感冒就連動都不能動………然後，就死了。在老夫的背上、死了……！」

不時有離群的惡魔們盯上矮人長長的隊伍，發動襲擊。

因食物缺乏所引發的不和。

抵達城鎮也只能看到大量的難民。

就算到了北方，在同樣的難民之中也不容易找到工作……

「究竟死了多少人，老夫也記不得了……喝泥水、啃樹根程度的事情根本不算什麼。年輕的女人們為了讓孩子喝一碗清粥只能賣春，有些男人看不下去，便染手竊盜結果被人打死。大家都瘦得像皮包骨，做著像乞丐一樣的事情……」

我靜靜聽著古蘭迪爾先生描述。

對於王的勇氣，人民的悲嘆，不知不覺間連我的眼眶都湧出了淚水。

「即便如此、咱們還是活了下來……努力活了下來。撐過那段混沌的時代，在之後的兩百年間，好不容易活了下來……」

古蘭迪爾先生小聲呢喃。

「然後，威廉大人，您將這塊土地……將一路到這裡的土地，都奪回到人們手中。不只如此，甚至願意與咱們一同落淚。」

古蘭迪爾先生轉頭望向鐵鏽山脈（Rust Mountains）……不對，是黑鐵山脈的方向。

「總有一天，咱們能夠回去。總有一天，故鄉能回到咱們手中。總有一天，咱們能夠實現咱們君主留下的話語……」

他的聲音不斷顫抖。

「能夠相信有這樣的未來，是何等寶貴……何等感激的事情……」

謝謝您。謝謝您。

古蘭迪爾先生對我不斷道謝的同時，漸漸因酒精帶來的睡意而睡著。

畢竟他為了告訴我這段難受的回憶，喝了一杯又一杯強勁的烈酒，會醉倒也是當然的。

「…………」

「古蘭迪爾大人能夠將心事講出來，想必也很高興吧。」

阿格納爾先生瞇著眼睛如此說道。

「……這就是我們的來歷，請問您明白了嗎？」

「真的非常感謝你們……將這樣難以講出口的事情告訴了我。」

「哪裡。」

這樣一段對話之後，我便離開了阿格納爾先生的屋子。

因為一邊喝酒一邊專注聆聽往事的緣故，我沒有注意到時間——走出屋外才發現，已經是傍晚了。

矮人族們也都結束了一天的工作，有的準備回家，有的打算到酒館。

我在腦中思考起各種事情。

關於黑鐵山脈。

關於倖存下來的那群矮人。

關於當時的君主奧魯梵格爾先生的心願。

關於活在相同時代的布拉德、瑪利與古斯。

關於那可怕的《上王》。

關於據說非常繁榮而和平的《大聯邦時代（Union age）》。

……以及《柊木之王》所說的預言。

我漫無目的地四處亂走，想著這些事情——

當回過神時，周圍變得相當昏暗。已經是晚上了。

這個世界的夜晚因為燈光較少的緣故，比起前世的夜晚要黑暗得多。

我究竟是走到哪一條路上了？在缺乏個別特色的房屋前不禁感到傷腦筋的我，看到有一間酒館透出的燈光，於是走了過去。

只要看到店家的招牌好歹就能知道這是哪一條街了。這座城鎮的規模也就是這種程度。

就在這時，我聽到一陣騷動聲。

有人在毆打另一個人的聲音。

是酒館中有人在打架嗎？我如此想著並加快腳步，結果忽然有個人影撞破酒館的店門飛了出來。

——我趕緊接住那個人。對方綁成辮子的一頭黑髮輕輕飄盪。

「啊。」

仔細一看，是早上來看我們鍛鍊的那名矮人。

不知道為什麼，他被打得渾身破破爛爛的。

◇◆◇◆◇◆

將那名矮人接住的我，驚訝得一時無法動彈。

而對方似乎也很驚訝，但比我還要快就回神了。

他朝我一鞠躬敬禮後……

「你們不要這樣！」

如此大叫著，又回到酒館的爭鬥之中。

我只是稍微觀察一下，便大致明白究竟是什麼狀況。

在酒館中，桌椅雜亂地翻倒在地上。

是兩個男人正在打架。

兩名人類男性。

雙方看起來都是工匠，體格相當健壯。

大概是喝了不少酒的關係，滿臉通紅。

「啥！滾一邊去啦！」

「這裡沒你的事，插什麼嘴！」

伴隨吐出的酒臭，兩人情緒都很激動。

其他客人有的不想受到牽連而保持靜觀，有的則是在一旁叫囂起鬨。

女店員一臉傷腦筋地不知如何是好。

「我就說，你們不要這樣！」

那位矮人先生雖然試著要把兩人拉開——但實在不怎麼高明。

該怎麼說呢？他總是一下子就被痛毆然後推開。

明明他看起來應該力氣不小的說。於是我觀察了一下，總算才明白。

那個矮人先生很不習慣跟人徒手打架。

他的動作老是畏畏縮縮，似乎害怕傷害到對方。因此面對那兩位出手乾脆又習慣打架的工匠們就很容易處於劣勢。

在這個危險的時代中，真難得會有人那樣不習慣打架。

以他的力氣和體格來講，明明光是抓住對方的手腳狠狠一扭就非常有效的說……

「喝啊！」

「你們不——噗！」

嗚哇，這拳應該很痛。

我之所以會這樣悠悠哉哉站在一旁觀戰，也是有理由的。

……因為在場還沒有任何一個人拔出武器。

這裡可不是像我前世那樣和平的世界。

即便是工匠也理所當然地會在腰上配戴短劍之類，或是在懷中暗藏武器。

但他們現在都還沒拔出武器，而且也沒有對其他不相關的人使用暴力。

換言之，以這個時代的觀點來講，他們雖然行為激烈也至少還保持最低限度的分寸。

「你們這樣會給店家添麻煩——要打去外面、噗！」

「囉嗦啦，閉嘴！」

「該死，有夠煩的！」

因此我覺得自己應該再觀望一下比較好。

反正那位矮人先生已經盡他所能在制止了，而且那兩位工匠應該也是有什麼理由才會打架的。

要是領主忽然介入調停，搞不好之後會讓事情鬧大——

「受不了啦！喂！抓住那傢伙！」

「先把這傢伙解決掉再繼續打！」

正當我這樣想的時候，在打架的那兩人好像開始聯手了。

大概是因為那個矮人不管被揍幾次都還是要插手制止，所以他們決定先排除掉之後再繼續打架的樣子。

那兩人其實感情不錯吧？

「差不多、給我、倒下啦！」

「嗚——！」

他們一方抓住矮人先生的脖子，另一方開始用膝蓋不斷踹矮人的身體。

呃~這下狀況不太妙啊。

男人之間徒手打架還沒什麼關係，但我不能接受多人圍剿一人的暴力行為。

「……兩位該住手了吧？」

於是我走進店內，如此說道。

「啊啊？吵死——」

「怎麼？又有人……」

兩名男子轉頭看向我……

「……」

「……」

當場全身僵住。

兩人都張大嘴巴呆在原地。

在旁邊起鬨的觀眾們也是一樣。

「兩位住手吧？再繼續下去我就不能不管囉？」

那兩人原本紅通通的臉都一口氣變得蒼白。

……我就是希望盡可能避免這種狀況的說。但這下也沒辦法了。

「我並沒有要把事情鬧大的意思。兩位應該只是喝得有點醉而已吧？」

我看著那兩人的臉如此確認後，他們都默默對我點頭回應。

點頭得非常拚命。

「那麼，今天就向在場的大家道個歉……然後回家睡覺去吧？請別擔心，我不會事後向你們追究問題的。」

我笑著如此表示後，那兩人都不知在害怕什麼地全身縮起來，開始拚命向矮人先生以及店員小姐道歉賠罪。

喝了酒的氣勢和激動情緒，一旦清醒後只會變得空虛而已。

「真是給各位添麻煩了！」

「酒醉鬧事真的非常抱歉！」

像這樣道歉後，那兩人留下一筆賠償金便一起離開了。

——看來他們果然是朋友的樣子。其實感情很好的。

最後，現場剩下腳步不穩、渾身是傷的矮人先生，以及表情呆滯的店員小姐與其他客人們。

…………好啦，這局面該怎麼收拾才好？

◇◆◇◆◇◆

矮人先生似乎被揍得有點過頭而呈現恍惚，不過很快又清醒過來了。

具體來說就是我讓騷動平息下來後，準備為他使用清醒的祝禱術之前，他便自己清醒過來。真是耐打。

「啊……」

他東張西望一下，大概是理解了狀況，猛然起身。

「這、這次真的是……！」

「等一下等一下。」

我趕緊壓住他的額頭，阻止他對我鞠躬。

「你的頭和臉被揍了很多次，不可以忽然站起來又低下頭喔。」

「啊、是……」

頭部的傷害即使外觀看起來沒什麼事，有時候也會演變成非常嚴重的狀況。

聽到我如此勸告後，矮人先生似乎也稍微鎮定下來。

我接著向店員小姐借一張椅子過來，讓矮人先生坐下。

「另外再麻煩妳準備一條毛巾，用井水之類的稍微弄涼一點。」

「我明白了！」

不知不覺間，店裡的客人減少了許多。

嗯，畢竟大家是結束一天的工作到酒館來打算吐吐苦水熱鬧一下，結果遇上有人打架而樂在其中觀戰起鬨……卻沒想到領主忽然現身，介入調停。

那樣大家當然會為了避開麻煩而換地方啦。

這下真是給店家添了很大的麻煩啊……我心中不禁這麼想著，並且把手放到矮人先生淡褐色的眼睛前。

「你看到幾根手指？」

「三根。」

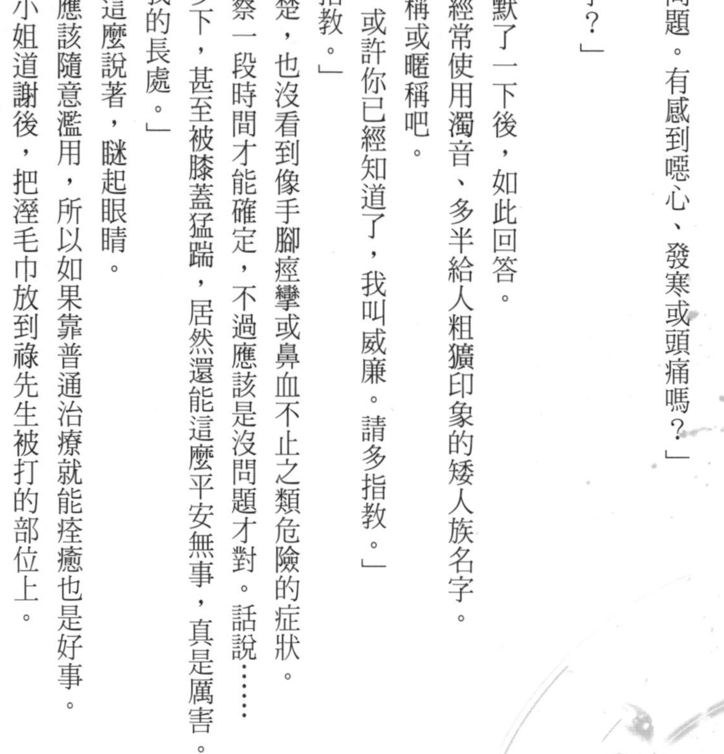

「好，應該沒問題。有感到噁心、發寒或頭痛嗎？」

「沒有。」

「你叫什麼名字？」

「……祿。」

他猶豫似地沉默了一下後，如此回答。

真不像是使用經常使用濁音、多半給人粗獷印象的矮人族名字。

或許是什麼簡稱或暱稱吧。

「祿先生是吧。或許你已經知道了，我叫威廉。請多指教。」

「請、請多多指教。」

在對答上很清楚，也沒看到像手腳痙攣或鼻血不止之類危險的症狀。

雖然還要再觀察一段時間才能確定，不過應該是沒問題才對。話說……

「你被揍那麼多下，甚至被膝蓋猛踹，居然還能這麼平安無事，真是厲害。」

「……耐打是我的長處。」

黑髮的祿先生這麼說著，瞇起眼睛。

畢竟祝禱術不應該隨意濫用，所以如果靠普通治療就能痊癒也是好事。

於是我向店員小姐道謝後，把溼毛巾放到祿先生被打的部位上。

「另外……請問店長在哪裡？造成這樣的騷動，我想去道個歉。」

「啊，父親現在有病在身……」

店員小姐說著，難過地沉下眼皮。

原來就是因為這樣，才會讓客人在店裡打架卻沒人出面啊。

「請問要不要我幫忙看個診？」

「我、我們實在擔當不起！」

……立場太顯赫真的是很讓人傷腦筋啊。

「請不用介意。要是明知有病人卻放著不管，我會惹神明生氣的。被神拋棄的聖騎士（Paladin）什麼的，現在就算是悲劇也不流行這種故事吧？」

我開玩笑地聳聳肩膀後，店員小姐的表情也變得柔和了。

「等店長順利康復之後，再務必請你們到教堂獻個供品之類的。」

「好、好的！我們一定會……！」

「那麼，祿先生，我很快就會回來，請你安靜休養喔。」

我說著，便走進酒館的住家部分。

酒館店長的病情本身其實並不算嚴重。

只是有點難治的皮膚病而已。

但畢竟是會影響外觀的疾病。因此考慮到給客人的印象與風評，我也能理解他不方便到店裡的想法。

我將手掌放到患部，獻上禱告後，皮膚很快就治好了。

「哦、哦哦……！」

「感激不盡、感激不盡……！」

「這是燈火之神賜予的力量，因此感謝的心意請獻給神明。」

我說著，笑了一下。

「呃、請問費用、或者說喜捨布施應該怎麼……」

「請盡量給多一點。」

「欸？」

「請盡量獻給神明多一點感謝的心意……在可以承擔的範圍內施捨金錢或供品，然後把滿滿都心意都注入其中。」

聽到我這樣笨拙的玩笑話，店長和女兒都捧場地笑了。

這是以前巴格利神殿長對我說過的觀念。要是為人施術治療卻不要求報酬，到最後免費治療就會變得理所當然，進而壓迫到全體神官的生計。

即便在心情上是希望免費幫人治療，神官也不是喝喝露水就能活下去，多多少少還是需要索取回報的。

「那麼如果您不介意，請吃吃本店的料理再走吧！」

「我父親的料理很美味呢！」

「哇，那真是感謝。其實我今天一時糊塗，到現在還沒吃晚餐……」

就這樣，我們氣氛稍微變得愉快起來，並回到酒館一看……發現祿先生正在修理酒館的店門。

哦哦，這麼說來，那時候店門被撞壞了——

「等等、你在做什麼啊！」

「因為一直坐著不動實在太無聊了……」

「就算是那樣，你現在受了傷也不可以……呃、好厲害！」

原本開關部分壞掉的門板已經幾乎完全修好了。

明明他只使用了現場能臨時湊合的材料與道具地說。

我好歹已經虛歲十七，在這個世界活了十六年。

正因為自己也多少能理解並製作一些木工或工藝，所以更明白。

「嗚哇……」

等級差太多了。雖然只是普通的應急處理，但也因此更能看出功夫高下。

他在這麼短的時間內就修理得如此完美，無可挑剔。

「哇！」

「這實在厲害。」

酒館店長與女兒也表現得很佩服。

「不、這不算什麼……跟威廉大人比起來……」

然而，祿先生卻垂著頭如此說道。

「威廉大人實力又強，又有勇氣……」

……看來他是個對自己沒什麼自信的人。

我多多少少保有前世的記憶，所以能明白他的心情。

然而，正因為如此……

「我勸你最好不要那樣喔。」

「欸？」

我蹲下身子抬起頭，和祿先生對上視線。

而且因為不自覺回想起瑪利，讓講話語氣變得稍微比較柔和。

如果換作是她……當我像這樣陷入憂鬱的時候，應該會對我這麼說才對。

「說自己很軟弱、沒出息什麼的，請不要這樣變相詛咒自己吧。」

「…………」

「話語是帶有力量的……是會束縛一個人、詛咒一個人的力量。」

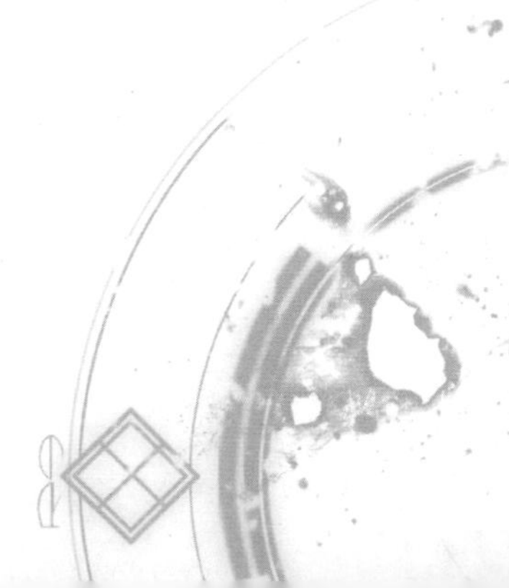

祿先生淡褐色的眼睛彷彿感到困惑似地搖蕩著。

「如果是遭到仇敵詛咒也就算了，但是請不要那樣自己詛咒自己的心。至少讓自己成為自己內心最可靠的夥伴吧？」

這是我上輩子連自己也沒辦到的事情。

因此其實沒什麼資格對別人講得這麼得意啊……雖然我心中這樣想，但還是用柔和的笑臉堅定說道。

不管自己是否辦到，有時候就是必須表現得有模有樣。

「好、好的……！」

幸運的是……

祿先生聽完我的話，感覺好像有稍微把背脊挺直了。

這個世界有一種叫「壺煮」的料理。

將各式各樣的食材以及水、酒、鹽、香草與香辛料等等放入廣口的壺中燉煮。

簡單來講就是大雜燴，不過廚藝好的人可以將湯汁的美味、香草的風味與香辛料的刺激融合得恰到好處，非常好吃。

現在我眼前就有一盅蓋了蓋子的廣口壺。

店員小姐拿著一塊厚布揭開蓋子，香氣便頓時飄散出來。

是用河魚做成的壺煮。

「哇……」

將《燈火河港(Torch Port)》旁的大河可以穩定捕捉到的白肉大魚與切碎的季節蔬菜、有點年代的老酒、岩鹽、香草等材料混在一起燉煮。

而且另外還搭配較硬的雜穀麵包、一小塊大概是山羊奶製成而有點特殊氣味的乳酪以及用熱水稀釋的紅酒，可說是相當豐盛。

其實光是把加了一點碎菜的粥當成主食，搭配鹹味很重的保久類配菜，就已經算不錯的一餐了。

像我到《獸之森林(Beast Woods)》各處的貧寒村落巡迴看診的時候，偶爾會遇到村民端出很誇張的東西跟我說「請用餐」，讓我都忍不住啞口無言。

在這個時代、這個地區，多得是那種根本顧不得營養均衡或用餐樂趣的料理。

……我不禁深深體會到，所謂的「烹飪調理」是必須先有充裕的生活為基礎才能成立的文化。

正因為如此，能吃到一頓正常的餐食是很值得感激的事情。

「地母神瑪蒂爾以及善良的神明們，在祢們的慈愛之下，我們將享用這頓餐食。

願眼前的食物能獲得祝福，化為我們身心的食糧。」

一如往常、已經徹底成為習慣的禱告。

……「禱告」在切換或整理心情上是非常有效的手段。這也是我生在這個世界後學到的一件事。

「感謝眾神的聖寵。」

在我上輩子的世界中，「宗教」同樣是一種綿延傳承了好幾千年的文化。能夠長久留存的事物，必然代表它具有相當程度的好處、效果吧。

這說起來也是理所當然的道理。

「那麼，乾杯。」

我朝將一頭黑髮綁成辮子的矮人——祿先生舉起酒杯。

而祿先生也很拘謹客氣地舉起酒杯回應我。

然後我們便用大木匙從壺中把料理分裝到各自的陶器餐盤上。

「……啊，果然很好吃。」

入口即化的白肉魚。

湯汁味道滲得恰到好處的蔬菜碎葉。

大概考量到是給勞動者吃的料理，鹹味比較重，非常適合配酒一起吃。

祿先生也點點頭表示同意。

他接著又把硬麵包浸在湯汁中一起吃。

因為看起來好像很好吃，所以我也模仿了一下。真的很美味。

乳酪特殊的味道也不錯。

如果單吃乳酪可能氣味會太重，味道也太濃，不過配麵包一起吃就剛剛好。

我們兩人就這樣好一段時間品嘗著酒館的料理。

祿先生原本很僵硬的表情也因為享受美味的餐食而感覺變得比較柔和了。

「話說回來，請問你為什麼會跑到這種地方來呢？」

我忽然感到好奇而如此詢問。

關於這個人是出於善意挺身制止那兩人打架的事情，我一點都沒有存疑。

不管怎麼想，他就是這樣的人物。

然而，這附近是人類較多的地區。

雖然這座《燈火河港（Torch Port）》很幸運地還沒有什麼明顯的種族對立，但種族間的文化與生活習慣還是有所不同。

因此居住地區必然會有某程度上的劃分。

那麼身為矮人族的祿先生為什麼會跑到這裡來呢？

「……呃、那個、就是……」

他吞吞吐吐地想說些什麼，於是我點點頭耐心等待。

「我、我不久前、才剛移居到這地方來……」

「嗯。」

「所、所以、為了掌握地理概念？或者說——呃、就是……」

哦哦，也就是說在探險啊。我如此想到。

但我故意沒有說出口，而是點點頭讓對方繼續講下去。

「有點像、探險之類的……」

結果祿先生莫名縮著身子如此說道。

「我覺得那並沒有什麼好奇怪的，是有必要的事情啊。」

「是……」

這城鎮中雖然多少還是有一些品行較差的人，但畢竟我有在注意，而且雷斯托夫先生他們也有在監督，因此不至於誇張到會有人在大街上公然亂來。

而既然只是走在街上並不會遭遇什麼嚴重的麻煩，剛移居進來的人首先到處走走，掌握地理概念，也是很重要的一件事。

雖然講起來很像廢話，不過這世界並沒有所謂的公共運輸系統，也沒有詳盡的街道地圖、交通標誌或門牌標示等等東西。

因此若沒有親自到處走走、到處看看，記憶到自己腦中，就真的會認不得路。

……祿先生之所以會來偷看我鍛鍊，除了本身有興趣之外，或許也是為了確認領主館的位置吧。

「可是，明明我氏族的其他人正忙著進行各種調整工作的說……」

「……哦哦，你是指古蘭迪爾先生他們嗎？」

「啊、是的。」

「沒關係，那邊的事情大致上都已經處理好了。」

我剛才並非只是去聽矮人們從前的故事和艱苦經歷而已，其實也有和阿格納爾先生一起處理了像是分配居住區域、臨時借貸生活上所需的物品、統計移居者的人數與所學技能等等的工作。

總之，我是想要告訴祿先生不用擔心那方面的事情，但他卻頓時用混雜了各式感情的眼神看向我。

有點像是路邊的小孩們會對我露出的那種帶有羨慕、尊敬與憧憬……另外恐怕也帶有些許的自虐與自卑、從下仰望似的眼神。

「……您真的、很厲害啊。」

總覺得我對那眼神很有印象。

大概是上輩子的我也有露出過這樣的眼神吧。

也或許正因為如此……

「實力又強，又可靠，還懂得指揮管理……和我這種人比起來，真的是……」

「既然這樣，祿先生要不要也試試看？」

「欸？」

我湧起一種放不下他的心情。

「只要多吃多鍛鍊，就能獲得某種程度的實力。言行舉止和熟練習慣也能讓一個人某種程度上看起來很可靠。至於指揮管理，只要跟著別人累積經驗就能學會了。」

這些都是只要有一般水準的肉體與頭腦，再加上一點點行動力就能獲得的東西。

無論前世也好，今生也罷。

而一個人之所以無法獲得這些……多半都是因為受到某種挫折，自己失去或被迫喪失了對事物的熱情。這種情況任誰都有可能遭遇到。

從我記憶中的知識來推測，我前世應該也有受過相當程度的教育，到某個階段為止應該還對事物保有熱情，進行得還算順遂才對。

雖然我想不起來自己究竟是在什麼時候遭遇了什麼樣的挫折……不過這種事情除了一個人的意志、能力和才華以外，所處的環境和運氣也多少會有影響。

就算是意志再堅強、才華再洋溢的人，若不幸遭遇到充滿惡意、殘酷而惡劣的環境，還是有可能被打倒、擊潰，徹底失去自信。

至於能否重新振作起來，就真的要看機緣際遇了。

……人活在世上絕不是只有美好、善良的一面。

有時也會遇到老是喜歡陷害、折磨別人的人物，而仔細觀察那個人性情扭曲的原因又能發現有其他的加害者，然後從那個加害者扭曲的原因背後又能再發現另外的加害者。

像這樣糟糕的一面同樣是屬於現實的一部分。自從我離開死者之街後，也深深體認到這點。

……現在回頭想想，那個不死神斯塔古內特會主張要建立一個唯有極其優秀的不死族存在的理想鄉，也不是不能理解的事情。

當然，也僅止於「並非不能理解」而已。

至於要說到能否接受，我是不能接受。我已經決定不接受了。

因此……

「在此相遇也是一種緣分。如果祿先生……如果祿不介意，要不要以從者之類的形式跟在我身邊幫忙呢？」

我身為決心不接受不死神理想的人，就應該表現出相對應的做法才行。

遇到這種時候，不是丟下一句「那麼，再見。」就轉身離開，而是要對心境上面臨挫折的人伸出援手。

「…………」

祿先生看到我伸出的手，視線不斷飄移。

「呃、那個、您是、說真的……」

即使對方的反應猶豫不決，我還是點點頭露出笑臉。

就算是出於善意伸出的援手，也不一定都會被接受。

所謂的信賴是滿滿培養的東西，助人需要靠一步步踏實累積。

一下子想出什麼方法，一下子做出什麼事情，然後所有問題就能獲得解決的狀況是非常稀少的。

假使這次沒能被對方接受，我以後還是要嘗試交流，保持耐性繼續伸出援手。

我抱著這樣的想法，接著又說道：

「請放心，這絕不是我一時隨口說說而已……畢竟一個魔法師就算可以敷衍或保持沉默，也絕不可以對人說謊啊。」

「啊……我好像有聽過那樣的講法。」

「這是真的喔。而我本身也是一名魔法師。」

據古斯說，魔法師要是說謊，《話語》的力量就會變弱。

《話語》是一種會根據使用者而變輕或變重、變得遲鈍或變得犀利的東西。一個人如果習慣了說謊，說出的《話語》就會漸漸變得失去分量與犀利度。

正因為這樣，即便魔法是一種只要學習就能有所進步的能力，但也只有相當少數的人能夠成為大魔法師。

道理就是如此。

「所以我是不會說謊的。如果你心中抱有憧憬，想要嘗試什麼事情，那麼我希望自己也能幫上你的忙。」

「…………」

祿聽到我說的話，沉默了一段時間。

畏怯地伸出手，又縮回去。

「或許我、會給您添麻煩，不過……」

接著，他深吸一口氣後——

「請務必讓我跟隨您學習。」

終於握住了我的手。

畢竟祿才剛移居到這裡，對地理沒什麼概念，而且現在又是晚上，於是我姑且送祿回到了矮人街。

……結果發現矮人街好像有點騷動。

我感到奇怪而接近，便見到群矮人各自手上提著燈，散發出些許殺氣。

「公子！」

他們一看到祿，紛紛勃然變色衝了過來。

「請問您是跑到哪裡去了！」

「要去哪裡也請先告知一聲啊！」

「大家很擔心的……」

諸如此類的話語如機關槍般接連投向祿。

雖然從內容上聽得出來大家的確很擔心沒錯，可是……

「啊、啊……」

祿的眼神頓時打轉起來。

「總之您沒事真是太好了！」

「對、對不起……」

……呃～嗯。

嗯。

我多多少少看出祿的生長環境與問題點了。

雖然我不清楚他的地位究竟有多高，但至少可以確定是矮人族中很高貴的血統吧。

從矮人們過去那段故事聽起來，他們的夙願就是復興《黑鐵之國》。

希望奪回失去的故鄉。

我認為這本身當然是一件好事。

另外我也明白，高貴的血統可以成為達到這項目標的軸心象徵之一，大家自然不想失去那樣的存在。

……然而在這種的狀況下，大家的心意似乎對祿反而不太好的樣子。

首先，一個已經成年的男子只不過是稍微獨自到街上逛逛，稍微回來得晚了，就引起眾人這麼大的騷動。

他恐怕從小就飽受呵護，甚至沒跟人打過架。被大家寶貝得寶貝得到了過頭的程度。

我並不會覺得他是個受盡大人們保護下養大的少爺公子哥。

在前世的記憶中，我有聽過一種說法。

——**過度的保護與干涉，也是虐待的一種**。

不可以那樣做，不可以這樣做。

必須要這樣做，必須要那樣做。

遇到這個狀況應該這樣選擇才正確。

像這樣凡事都被周圍的人決定好的小孩子，究竟有幾個人能夠培養出良好的決斷力、行動力和意志力呢？

祿在說明自己是「出來探險」的時候會那樣縮起身子的理由，這下我也明白了。因為他是在連那種事情都不被允許的環境中長大的。

「總之，今後像這樣的事情……」

一名矮人準備對這次的事件做出結論。祿則是露出一臉彷彿要窒息的表情，準備點頭。

「──不好意思。」

就在這時，我從旁插嘴了。

雖然這是別人的家庭問題，但至少我不想看到祿如果繼續在這樣的環境下生活，將來會變得如何。

……或許這是我的任性，不過我認為光是這樣就有足夠的理由插嘴介入。

「本人是威廉・G・瑪利布拉德。」

我把右手輕輕放到左胸，循古法做了一個簡易的行禮動作。而且故意使用對待下位者的動作。

──對方集團中有很多高齡的矮人族，大概是從我報上名字的態度與動作中察覺我的地位，趕緊用對待上位者的方式向我回禮。

「首先讓我向各位道歉。我是在偶然下與祿先生相識，雙方意氣相投，結果不小心就聊到這麼晚的時間……」

「不、不敢不敢……！」

是領主。是《聖騎士(Paladin)》。從人群中傳來這樣竊竊私語的聲音。

另外有幾道似乎在評估我實力的視線，因此在那方面我也刻意沒有隱藏。

明顯展現出自己是個強者。

「……是真貨啊。」

「強到嚇人。」

呢喃聲傳來。

其中一名臉上有傷疤的矮人用沉重的語氣警告夥伴們：

「不只如此。即便在場所有人聯手，也只有被擊敗的份。」

「……」

那、那樣講有點太誇大了吧？

要是在場所有人忽然敵對，就算是我也可能猶豫不知如何對應而一時失手啊。

但不管怎麼說，這句話讓矮人們都頓時面無血色。而那位臉上有傷疤的矮人先生接著推開眾人，走到我面前。

「在下名叫葛魯雷茲。關於您對公子一事的致歉，我們明白了。實在不勝惶恐。」

他說著，朝我盯過來。是武人的眼神。

「那麼，敢問您來此的目的是？」

「我希望將祿先生收為自己的從者。」

現場又騷動起來了。

「您說、要收公子為從者……？」

「呃……」

「這有點……」

騷動聲漸漸擴散。

「公子，當聖騎士（Paladin）大人的從者太危險了！」

「那樣必須隨行去討伐魔獸啊……！」

「請重新考慮吧！」

另外也有人開始如此大聲主張。

祿的視線不斷飄移，額頭滲出汗水。

我則是目不轉睛地看著那樣的他。

「總之，請您稍微再考慮一晚……」

「是啊。咱們也會一起商量的……」

面對眾人一句接著一句的話語，祿的臉色發青起來。

恐怕那已經變成他的反射反應了吧。

就在他忍不住要點頭的時候……

「——你希望怎麼做？」

我只簡潔地如此詢問。

祿頓時睜大眼睛——彷彿對周圍的聲音感到猶豫似地搖曳眼神。

接著，拉緊嘴角……

「我、我……！」

擠出聲音說道：

「我希望、跟隨在這位人物身邊學習！」

他的叫聲意外宏亮，響徹四周。

甚至足以讓現場因為突如其來的事情而動搖的矮人們都閉上了嘴巴。

「何謂戰士！何謂勇氣！我希望靠自己親身去理解！」

他的話語中充滿一股熱意。宛如烈焰般的熱意。

「——若沒有投身於危險之中！若沒有自己往前踏出一步！

又如何可以理解何謂戰士！如何可以理解何謂勇氣！」

祿挺起胸膛伸直背脊，綁成辮子的黑髮隨之彈了一下。

睜大的淡褐色雙眼散發出灼熱的光芒。

「我希望自己能夠不愧於偉大的祖靈與祖神們！如果連戰鬥、勇氣以及崇高的言行都不能理解，又怎麼能稱得上是矮人族！

——我不會改變自己的這份想法！」

只靠一個人的大叫聲，就讓粗獷的山中居民們都被壓制下來。

好厲害啊。我不禁這麼覺得。

老實說，我根本沒想到他會主張得這麼明確。

……祿其實比我所想的還要厲害。

「威爾大人！請您現在就立刻收我為從者吧！」

祿說著便朝我奔過來，跪下身子將交握的雙手伸到我面前。

布拉德的聲音頓時閃過我的腦海。

——戰士如果把交握的雙手伸到對方面前，就是獻出自身『誠心』的證明。

——面對那樣的狀況，就只有用雙手包覆接納，或是表示拒絕，兩種選擇而已。

——你可別抱著輕率的心情隨便包對方的手喔？接納戰士的『誠心』所代表的

意義可是很沉重的。

在神殿的夜晚。

眼窩深處燃燒著青白色鬼火的骷髏人讓下顎發出「喀啦喀啦」的聲響笑著。

——包覆對方雙手的意義嗎？那就是……

「汝所獻上之『誠心』——」

面對眼前這對炙熱的雙手……

「——我願用這雙手守護。」

我緊緊包覆起來，感覺就像是一種變相的握手。

因亢奮與緊張而表情僵硬不安的祿立刻抬頭望向我，總算安心似地放鬆表情。

「雖然只是簡略形式，不過我確實接受了成為從者的誓言——因此身為主子，從此刻起由我對外交涉。」

我輕拍兩下祿的肩膀後，轉頭環視在場的矮人們。

「我想請問各位一件事：我的名望是否不足以身為此人的主子？」

……在這個時代，「從者」並不是什麼低微的身分。

甚至有些貴族子弟或王族會為了幫自己的資歷貼金，自願成為武功與品行方面名聲響亮的騎士的從者。

我在王國中的身分是陪臣，也就是歐文國王的臣下──埃賽爾公爵的家臣，同時是治理邊境地區的領主。

或許以社會階級來講不算非常高位，但我個人的名聲倒是非常響亮。

──是《飛龍殺手》又是《魔獸殺手》。

──是《傳燈者》也是《世界盡頭的聖騎士(Paladin)》。

不論祿在矮人族中究竟是什麼身分，我都有自信讓他追隨在我身邊不至於蒙羞。

「唔……」

「嗯……」

面對我的提問，眾人一時答不上來。就在這時……

「──真是沒辦法啊。」

葛魯雷茲先生語氣沉重地如此呢喃。

「葛魯雷茲，難道你要接受嗎？」

「這可是公子本人的意思。」

「但是──」

「一直以來思量到吾等的苦境，自幼從沒說過一句任性話的公子，如今表達了自

身的意志啊。」

聽到葛魯雷茲先生這麼強調，想要反駁的矮人也閉上嘴巴了。

「公子。古蘭迪爾方面就由在下代為說情吧。」

「…………謝、謝謝你，葛魯雷茲。」

「不過……」

面對帶著些許猶豫道謝的祿，葛魯雷茲先生卻忽然投以銳利的視線。

祿頓時顫抖一下。

「從今日起，請恕在下就當公子已死了。」

「那、那是……」

「既然您已將自身的『誠心』託付給優秀的戰士，便萬萬不可再抱有吝惜自己性命的念頭。必須做好在關鍵時刻能夠不畏懼死亡的覺悟，賭上性命侍奉主子。」

臉上帶有傷疤的矮人用嚴厲的表情如此告誡。

聽到這段嚴肅的話語，祿也繃起了表情。

「可以嗎？」

「我明白了！」

接著，葛魯雷茲先生又看向我。

「在下會隨同古蘭迪爾擇日再去拜訪問候——公子就務必請您關照了。」

「請放心交給我吧。」

我這麼回應後，葛魯雷茲先生帶有傷疤的臉露出了粗獷的笑容。

是讓我不禁回想起布拉德的，戰士的笑容。

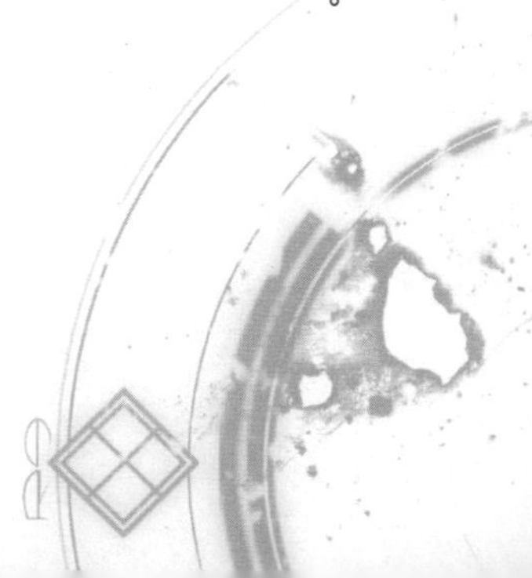

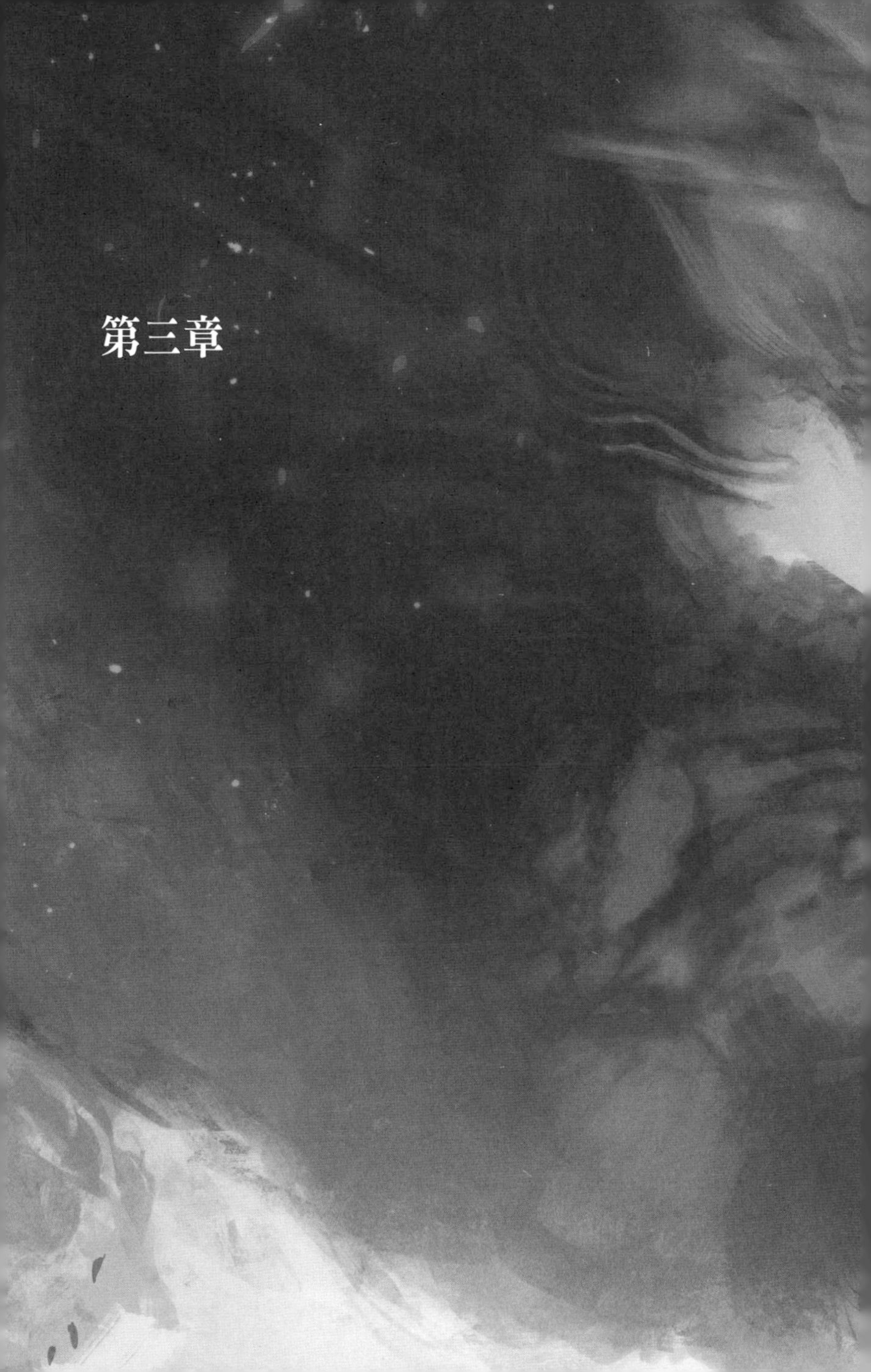

第三章

黑髮矮人——祿成為了我的從者。

葛魯雷茲先生遵守他的承諾說服了古蘭迪爾先生，因此後來古蘭迪爾先生也有正式來向我拜訪問候。

「呃~總之呢，祿，雖然有很多從者似乎都是自己籌措費用的……不過我這邊姑且會提供裝備，也會付薪資給你。」

「這、這樣可以嗎？」

「沒有什麼可不可以的。要是我從現在的矮人移民們身上坑錢，簡直就跟魔鬼畜生沒兩樣啦。」

畢竟有很多人甚至連生活基礎都還沒打穩。

那種殘酷的事情我實在做不出來。

「所以說，我們就來商量一下薪資的金額吧。」

「呃、那個、我只要能夠服侍您就……」

「不行。」

「不、不行嗎？」

「以前有個人經常跟我說，金錢是非常重要的東西……這麼說吧，也許收用從者和雇用傭人是不同的事情。」

「是。」

「但如果我不支付酬勞，你不接受酬勞，換個角度也能解釋為你所做的工作、你的『誠心』是毫無價值的意思了。」

「……………」

「凡事都標上金額衡量或許是很俗氣的想法，然而那也是最清楚易懂的一種指標，所以在金錢關係上還是要做好才行。」

我想古斯肯定也會這麼說的。

因此我用堅定的語氣如此宣告。

「……您真是成熟啊。」

「我只是努力想要讓自己成熟而已。」

經過這番對話後，關於薪資和其他詳細的內容也總算決定清楚。

祿住進我的官邸工作，也加入了早晨鍛鍊的行列中。

……然後當我開始思考應該從什麼地方著手教他的時候，我不禁有點困惑。

「呼、呼……！」

「好，再一圈！」

我正帶著祿沿城鎮周圍練跑。

──仔細想想，我至今從來沒有收過徒弟之類的對象，教過什麼東西的經驗。

就算試著回想以前布拉德的教育，從幼童時期開始訓練的我和體格已經大致成形的祿之間差異點也太多了。

究竟應該怎麼循序漸進，把戰鬥方法或身為戰士的觀念等等東西教給他？究竟要怎麼做，他才能學會這些東西？

像這樣思考的過程中，讓我重新體認到一件事。

無論是布拉德、瑪利或古斯，雖然都好像很輕鬆自然地把自己的技術傳授給我……但其實他們為了讓我能有效率地吸收那麼多的知識，究竟下過多少苦心啊。

甚至是像「腳步移動和戰鬥架式應該從哪邊先教起」之類很細微不起眼的部分，只要站到教導別人的立場上重新想想，就會發現其中也蘊藏道理，下過功夫。

「最後！全力衝刺！」

我對即使快要累癱也依然努力想跟上我的祿一邊激勵一邊繼續往前跑。

……透過教導別人，讓我再度體認到自己距離那三個人還非常遙遠。

不過，總有一天。

總有一天我肯定能趕上他們。

「辛苦了！慢慢走一下調整呼吸之後，接下來是鍛鍊肌力！」

「是！」

「所謂的力氣在戰鬥上是基礎中的基礎。我的師父曾經說過，只要有經過鍛鍊的肌肉所發揮的暴力，面對大致上的狀況都有辦法解決！」

「……是！」

為了能追上那三人。

為了能笑著告訴他們『我也到這裡來了』。

為了不要辜負對方獻給我的『誠心』。

……盡我的所能努力做吧。

——好啦。

之前已經提過了，人們對我抱有的期待是能夠確保地區安全的武力，以及能夠代表地區跟王弟殿下進行交涉的聖騎士(Paladin)頭銜。

因此對於身為從者的祿，我首先重視的也是追求體能技術方面能變得強大的戰士教育。

畢竟我在工作上會頻繁進入這片危險森林地帶中又屬特別危險的場所，與無數的危險對象交戰。

若跟隨我同行的祿連自己的性命都無法保護，是說不過去的。

不過要說到除了戰鬥方面以外，難道我都不需要處理其他像個地方領主的工作嗎？那又是另一回事了。

……這天，我有一場聚會必須出席。

在法泰爾王國的《南邊境大陸(South mark)》開拓政策下，從北方《草原大陸(Grass land)》的許多地方都有人民移居到這塊大陸。

例如之前《白帆之都(White Sails)》那間羊料理餐廳的店長，是來自東北方的《乾風之地(Arid Climate)》。

雷斯托夫先生從外觀特徵以及平常嚴肅寡言的舉止上推斷，可能是北方大陸的更北方——《冰之山脈》一帶出生的。

艾塞爾殿下與巴格利神殿長自不用說，就是來自法泰爾王國的本國首都——《淚滴之都(Ilias Tear)》。

從法泰爾王國西邊的中小王國聯合體——《諸王國邦聯》或是從至今依然群雄割據、戰亂不斷的東南地區——《爭亂的百王國》移居而來的人民也不少。

另外有從零星存在於《中海》的各島嶼、各地的精靈族大森林、矮人族山脈，甚至從更遙遠的地方前來的居民。

也有像吟遊詩人的碧那樣本來就居無定所、四處流浪的放浪民族。

在這座《燈火河港(Torch Port)》真的是聚集了各式各樣的人，而來自同國、同文化圈的人畢竟還是比較好相處所以會選擇集中居住，使得城鎮中的各條街、各區塊都呈現出各自不同的特色。

——但既然有各式各樣的特色，相對也代表會產生各種摩擦。

同樣的手勢在不同文化圈中代表不同的意義，某種表現方式是對其他族群的嚴重汙辱，行商習慣上的不同造成簽訂契約或支付酬勞時的誤解，或者更為根本上的問題——語言不通。

真的可以說是各種麻煩都有。

起初的時期尤其嚴重。

甚至發生過吵架行為擴大到各自找人助陣，助陣的人又找更多人來助陣，最後發展到城鎮中有複數集團率領自己族人準備開戰的狀況。

雖然當時是我、梅尼爾和雷斯托夫先生在事態演變到不可收拾之前強硬鎮壓了現場，不過文化差異的問題真的很恐怖。

……像這樣的問題如果放著不管，只會讓混亂持續擴大。因此我和神官們商量之後，定出了各種僅限於這座城鎮的規則。

行商買賣時的規定。

使用船隻或河港時的規定。

發生問題時必須遵循道義與規矩向領主或其部下的神官們投訴，並靜待判決。

若沒有按照這個程序而私自引發爭亂時該如何處罰。

若利用亂局或助陣幫忙使得鬥爭擴大時又該如何處罰。以及其他各種規則。

……我親身體會才明白，前世古代所謂「爭鬥皆受罰法（註1）」是真的有其必要的理由才訂定出來的法律啊。

統治規模更大的《白帆之都(White Sails)》的埃賽爾殿下，以及在《白帆之都(White Sails)》管理大神殿的巴格利神殿長所要面對的辛勞肯定比我更多吧。

言歸正傳，除了像這樣定下規則與罰則的硬性措施之外，柔性措施也是有必要的。

而定期召集各團體代表舉行聚會就是其中的一環。

這天我將祿交給梅尼爾鍛鍊，出席了這場我盡可能都會露臉的聚會，聽取各方的意見並抄下筆記。

從上午較晚的時間開始的聚會中間夾了一段午餐時段，持續談話到下午解散之後，我接著又來到某間酒館。

也就是上次和祿交談過的那間酒館，為的是想確認一下後來有沒有發生什麼問題，以及店長的疾病是否有復發。

雖然那並不是什麼嚴重的疾病，我想應該不會有問題才對。但如果是起因於生

註1「爭鬥皆受罰法（喧譁両成敗法）」為日本古代的執法原則之一。當發生暴力衝突時，無論對錯如何，雙方皆必須受罰。

活習慣或營養狀態的疾病，即便靠祝禱術治療之後還是會有再度復發的可能性。禱告或奇蹟的力量也並非萬能啊。

「──呃～」

畢竟店家若是在營業中，領主還是不要輕易入店會比較好，因此我確認了一下店門上掛的是「休息中」的告示牌。

結果從店內傳出有人在交談的聲音，於是我伸手準備敲門──

「這樣臨時要求真的很不好意思，那就拜託您了！」

「哪裡。放心交給在下吧。」

店門卻在我面前忽然打開。

「……啊。」

我不禁睜大眼睛。

「唉呦，是領主大人！」

在開門的人物背後，店員小姐驚訝地把手放到嘴前。

「……你好。真巧啊。」

在酒館入口。

我偶然遇見的人物，正是臉上帶有傷疤的矮人──葛魯雷茲先生。

酒館店長的病似乎已經完全治好，也沒有復發的徵兆。

他們雖然希望款待我一番，但我還是以不方便妨礙開店準備為由謝絕後，走回街上。

葛魯雷茲先生也走在我旁邊。

「……」

「……」

我們都走向同樣的方向。

一如矮人族的個性沉默寡言的他，始終無言。

這個人散發出的氛圍相當嚴肅，總讓人感覺難以搭話。可是……

「……請問葛魯雷茲先生到那間店是有什麼事嗎？」

我實在耐不住沉默，而試著開了個話題。

「對方說約十天後有一場慶祝會的預約，所以委託在下準備足夠分量的獸肉。」

「也就是說，你是靠狩獵維生嗎？」

「不，在下本業是傭兵，幫人打架之類。只是多少也懂使用石弓或陷阱等等——」

「也就是像副業兼職嗎？」

「可以這麼說。」

被我搭話之後，葛魯雷茲先生用意外流暢的語氣回應了我。

原來如此，傭兵或助拳人，和布拉德是做一樣的工作。

因為他臉上的舊傷很明顯是刀劍疤痕，這下我總算搞懂了。

下午的大街上。

陽光閃耀，從遠處不知哪一間工坊傳來槌子敲打的聲音。

在熙熙攘攘的行人來往的街上，我們同樣並肩走著。

偶爾也會有人注意到我而向我問候。

「……真是一座好城鎮。發展得如此蓬勃，實在難以想像這裡才建立不到幾年。」

「是啊。這都要多虧各方人士的鼎力相助。」

葛魯雷茲先生對我的回應點點頭。

接著又陷入沉默了。

不過這次的沉默並不會讓我感到太難受。

「是說，聖騎士（Paladin）大人。」

「是。」

「……在下過去曾經是《黑鐵之國》的戰士。」

走在我旁邊的葛魯雷茲先生表情看起來很溫和。

「當時在下以戰士來講尚不成氣候，沒能獲准與吾等君王同生共死。」

語氣也很平靜。

「長年來，在下都遵從吾王的遺命，保護倖存下來的人民們，手握武器受僱於許多人，賺取每日的食糧。」

「……」

「難以安居一處，流浪四方，最終才來到了這裡。」

不過總有一種內心深處百感交集的感覺。

聲音中摻雜了各種東西。

「公子就務必請您好好指導了。」

「──好的。」

我停下腳步，表情認真。

將拳頭放到左胸膛……

「我以燈火立誓。」

如此對他發誓。

汗水沿脖子流下。

在庭院的草皮上，我與祿正在互相推扭。

梅尼爾則是在一旁觀戰。

「唔……」

我經過百般思考，最後決定在基礎鍛鍊之後先指導祿扭打方面的技巧。

畢竟他天生體格就很好，再加上或許是矮人族與生俱來的特性，明明沒受過什麼訓練卻很有力氣。

因此我認為就先從力氣的影響會較大的扭打搏鬥開始教起，讓他先對自己的能力產生信心會比較好。

「嗚……」

——不過，現在這狀況有點出乎我的預料。

雖然在實力上是我稍微強一點……但面對我使出全力的拉扯，祿還是撐了下來。

雙方單純的推拉之間，形成了某種程度的膠著狀態。

祿應該沒受過什麼專門的鍛鍊才對，然而他的力氣實在驚人，直覺也不錯。

……只能說他真的很有天分。

「嗚、嗚……」

我總算明白祿對於和別人打架會表現得那麼猶豫的理由了。

如果與生俱來就擁有這樣超乎常人的力氣，個性會變得那樣也不奇怪。

……或許他過去真的有在不經意中差點傷害或實際傷害到別人的經驗。

「祿。」

因此，我故意對他露出游刃有餘的表情。

假裝自己還很輕鬆，並對他說道：

「這就是你的全力了嗎？」

「嗚！嗚……！」

驚人的蠻力讓我全身開始軋軋作響。

但我還是撐下來，並反推回去。

布拉德為我鍛鍊出來的這個身體，可沒軟弱到會輸給這點程度的負擔。

「你應該還可以更用力吧？」

「嗚嗚嗚……！」

盡情使出全力吧。

盡情使勁吧。

……我想祿首先要克服這點。

「若只是這點程度……」

我站穩下盤，打正面全力往前推。

「嗚、哇！」

努力想撐住的祿被推向後方，在地面留下兩道足跡。

「我可以推贏你。我比較強。」

所以你就更加使勁也沒關係。

徹底擠出你的全力沒關係。

我在內心對祿如此說的同時，身體一扭鑽入他懷前，往上一頂，再重重把他摔到地面上。

不過為了不要敲到他的頭，我的手緊抓著他衣領沒放開。

「嗚哇！」

「好，是祿輸了。」

在這方面，我基本上不會手下留情。

畢竟習慣疼痛也是訓練的一環，所以我要抱著可能被他討厭的覺悟折磨他才行。

然而……

「剛——」

「嗯？」

「剛才那招請問是怎麼做的！」

祿卻是立刻站起身子，露出興奮閃耀的眼神對我如此詢問。

明明我又是叫他一直練跑，又是把他狠狠摔出去，應該讓他吃盡了苦頭才對，可是他始終都沒有表現出退縮的樣子。

真的很耐操，而且充滿熱情。

「剛才那招嘛，呃～……梅尼爾，你過來一下。」

「你當我是實驗臺啊……」

「讓祿從旁邊看會比較清楚嘛，拜託啦。」

「麻、麻煩您了！」

「受不了，真拿你們沒轍。記得要摔得漂亮一點喔！漂亮一點！」

——祿能夠成為一名戰士的日子，或許會比我預想中還要早到來也說不定。

這個世界的魔法訓練，有時候和戲劇或書法訓練很像。

透過聲音使用《話語》的時候，聲量與發音都必須精準，因此發聲練習是必修的項目。

同樣地，透過文字，也就是使用《記號》的時候也必須正確記述，因此運筆訓練也是必修。

結果就是魔法師寫出來的字都很漂亮。

侍奉於權貴人士的魔法師之中，據說也有很多人兼任書記官的工作。

當然我也不例外，在古斯的嚴格鍛鍊之下，寫出來的字相當漂亮。

「……嗯。」

在辦公室中。

我用魔獸羽毛製成的羽毛筆將預先已經想好簡潔而有格調的文章從左到右工整地書寫出來。

用的紙張是我目前所能拿到最好的紙張，墨水也是用非常高級的東西。

將文章寫完之後，用吸墨粉吸掉多餘的墨水，並將紙整齊折好。

首先上下三折起來隱藏文章內容，然後再左右三折起來，準備封口。

將紅色的蠟放到火上稍微加熱後，滴到紙上封口，並且用我去年剛做好的印章指環押出印記。

在盾牌中有一盞燈火照耀輪迴圓環的標誌。這就是我，或者應該說是『瑪利布拉德家』的徽章、家紋。

關於這個徽章我本來想過很多點子，但最終還是決定用象徵葛雷斯菲爾的『圓環與火』配上象徵騎士的『盾牌』。

最後，我仔細確認了一下信件背面有身為寄件人的我簽名，以及收件人的名字。信件的收件人就是巴特·巴格利神殿長。

「……好。」

至於信件內容，是關於文獻調查的委託。

之前在那座森林王殿中，《柊木之王》說過的那段話。

——在鐵鏽的山脈，將會燃起災厄的黑火。

——烈焰擴散，恐會燒盡這塊土地的一切。

——那塊土地如今已化為惡魔們的巢穴。將山中居民的黃金當成睡床，巨大的邪炎與瘴氣之王貪眠之地。

以及矮人們描述從前發生過的事。

——龍會來的。

——龍要來了！龍要來了！瓦拉希爾卡！揮下災厄的鐮刀！

根據這些內容，必須請人調查一下神殿以及魔法師們聚集的《賢者學院》(Academy)所保存的資料才行。

畢竟這次的對手可不簡單。

「…………」

如果在鐵鏽山脈的『災厄之火』、『邪炎與瘴氣之王』是《將軍級》(General)的惡魔，我還有自信可以獲勝。

就算對方有其他手下，我照樣能夠對付。畢竟這兩年來，我的經驗已經累積到這種程度了。

假設遇上最壞的狀況，讓我束手無策，我至少還有《噬盡者》(Over Eater)這張王牌。

只要沒有一時失手讓自己瀕死——當然，在任何戰鬥中這樣的可能性隨時都存在就是了，不過——我肯定能夠獲勝。

然而……

「《諸神的鐮刀》(Valacirca)。」

瓦拉希爾卡(Valacirca)我記得在精靈語中是指由六顆星連成的一個星座——《北方鐮刀》。

那是由連成握把的兩顆星與如彎刀般彎曲連結的四顆星組成的星座……

而每顆星分別被冠上了雷神、地母神、炎神、精靈神、風神與知識神這六大神之名。

「災厄的鐮刀。諸神的鐮刀。」

即便是高傲的精靈族也用這樣的名字稱呼並敬畏的存在。

我想應該不會錯，這次的對手應該就是貨真價實、從太古時代存活至今的——

「龍、嗎？」

我沒有和龍交手過的經驗。

甚至在布拉德說過的武勇事蹟中也沒登場過。

因此我對於其強度以及勝算等等幾乎連推測都做不到。

「…………」

從始祖神創世的時代就誕生的龍，在善神與惡神們的戰爭中發揮了僅次於諸神、強大到難以比擬的力量。

被強韌的鱗片包覆、敏捷而巨大的身軀。與生俱來能夠使用《話語》的智慧。能隨風飛行的強力翅膀，如樹木般粗大的尖牙，如名劍般銳利的鉤爪。

牠們之中有很多如今都已經從這個世界銷聲匿跡。

有人說是因為在諸神的戰爭中讓數量減得太少的緣故，也有人說牠們是脫離了這個百般拘束的物質界，昇華到諸神的次元了。

姑且不論眾多說法究竟真相如何，總之在這個世界已經幾乎沒有龍存在。

頂多只有許多光彩的傳說，以及據說過去曾經是龍的眷屬的各種亞龍們，能夠證明龍確實存在過。

「……龍。」

再強調一次。

牠們的力量僅次於諸神。

光是以前被古斯殺掉半身，想必因此已經削弱了力量的不死神斯塔古內特的《木靈(Echo)》，就已經那樣危險，那樣教人絕望了。

——我當時曾經一度瀕臨死亡。

要不是有燈火女神大人出手相救，我想必當時就死了。

不死神帶來的恐懼重新湧上我的腦海，讓我不寒而慄。

「……《木靈(Echo)》與龍。」

我不清楚到底哪一方比較強。

但至少可以確定，絕對沒有『龍遠比斯塔古內特還要弱很多』這種事情。

既然如此，我便應該慎重其事。

所以我才會趁時間上還算充裕的時候，委託神殿長調查一下有沒有什麼線索可循。

在神殿以及古斯曾經隸屬過的《賢者學院(Academy)》都有各式各樣的藏書，也聚集有許多人才。

據說偶爾還會有為了追求知識而離開森林的精靈隸屬其中，因此或許可以打聽到一些古老的傳聞。

「呼……」

我吐出一口氣，整頓自己的心緒。

當然，畢竟我是個男生，是布拉德鍛鍊出來的戰士，對於所謂的強度多多少少會有些執著。

然而在同時，經歷過多次的實戰也讓我明白了一件事。

實戰是很現實的，既嚴苛又殘酷，不得輕忽大意。

一旦開打，就註定有一方要喪命。

「真不想這樣……」

我的手好久沒有這樣顫抖了。

面對與自己同級以上的對手。自己落敗的可能性較高的對手。

有可能將自己的性命冷酷無情地奪走的對手。

「真不想、這樣……」

我很自然地回想起瑪利的事情。

當她擁抱我時，那股如焚香般的香氣。

會「威爾呀。威廉呀。」地呼喚我的，媽媽的聲音。

「……我好怕。」

就在我小聲如此脫口而出的時候……

「你在怕個屁啊！」

我忍不住肩膀顫抖一下，還以為是自己的聲音被誰聽到了。

不過……

「來，再來一次！」

那叫聲是從窗外傳來的。

我探頭一看，發現是梅尼爾和祿正在進行模擬戰。

「喝啊！」

「嗚……！」

手握以前為了鍛鍊而製作的模擬劍，身上穿著防具的梅尼爾輕易就把祿踹倒了。

「明明就隔著防具打，你是在怕個屁啦！你這傢伙簡直比威爾還老好人，根本天真透頂！」

梅尼爾睥睨著呻吟的祿，持續挑釁。

「來，怎啦？要投降了？公子哥，要夾起尾巴逃回去了嗎？」

「我、我還可以打……！」

祿握起模擬劍衝了過去。

但梅尼爾甚至連躲都沒躲開。

他用防具的護額正面擋下朝他揮落的模擬劍。

即便因此發出沉重的聲響，他也沒有反射性閉上眼睛。

「喂，你明明打正面擊中卻只有這點程度嗎？你那麼粗的手臂只是裝飾嗎？嘿。」

梅尼爾讓模擬劍抵在自己額頭上，朝祿緩緩逼近，並瞪向對方。

祿被嚇得全身抖了一下。

「哦哦～嚇得也太明顯了吧？要不要就這樣哭著逃走啊？」

「我、我不會逃！」

「那就給我繼續打！給我再用力點，這個廢材！」

「嗚哇啊啊啊啊啊！」

面對祿用力亂揮的模擬劍，梅尼爾都用防具巧妙地擋下來。

祿使出全力揮動的劍，即使隔著防具應該衝擊力也很大才對，但梅尼爾始終沒

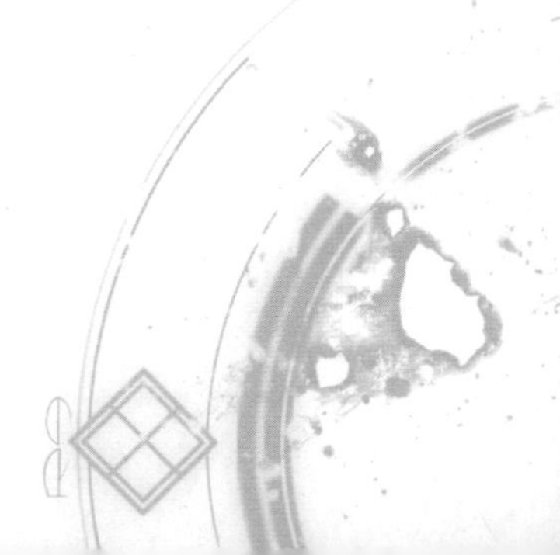

有表現出一點痛的樣子，真了不起。

——梅尼爾最近在與祿的訓練中，一手包辦了逼迫祿攻擊的工作。

祿的個性實在太善良了。

他雖然力氣相當大，在學習招式上也發揮出很強的天分，然而一旦實際拿模擬劍互砍或是徒手搏鬥，卻總是會輸給明明力氣比他小的梅尼爾。

容易與對手產生共鳴，導致猶豫不敢傷害對方的那份溫柔，以一個人來說確實是無可挑剔的美德……但對於一名戰士來講，除了缺點以外什麼都不是。

我和梅尼爾討論之後，得出了「只能強迫讓他身體習慣動作」這個結論。

因此現在梅尼爾才會對祿不斷臭罵，又踢又踹，逼到絕境，然後讓祿持續攻擊自己。

就好像我以前藉由鳥獸習慣殺害行為一樣，要讓祿習慣於「造成強烈的心理壓力下持續戰鬥的狀況」以及「使出全力攻擊活生生的對手」。

……這是第一步。

「啊啊啊啊啊啊！」

「咳啊……！」

嚇人的聲音傳來。

是祿用力橫砍的模擬劍把梅尼爾打飛了。梅尼爾明明已經用軀幹部的護具擋下，還是被打飛。

……那絕對很痛。超級痛。

「嘿——剛才這招挺有勁的嘛。」

可是梅尼爾卻沒有表現出來。

頂多只有眉間稍微皺了一下而已，但還是勉強自己維持一臉輕鬆的表情。

「就是要保持那樣。」

這老師當得真有模有樣。

畢竟梅尼爾個性上其實很照顧人，人生經驗又豐富，在教育別人這方面搞不好比我還要有資質呢。

「謝、謝謝誇獎！」

而祿的表現也很直率。

即使會感到害怕，會因為顧慮對手而放鬆力氣，但還是會大聲吶喊，面對嚇唬、逼迫自己的梅尼爾並沒有露出空洞的眼神。

他淡褐色的雙眼始終閃閃發亮，發出有氣勢的叫喊，勇敢挑戰梅尼爾這個等級遠比自己高出許多的戰士。

——真是厲害。我不禁這麼覺得。

每經歷一戰，都能明顯看出他漸漸在變強。

今天沒辦法做到的事情，到了隔天就能辦到。

隔天沒能辦到的事情，到了再隔天就能做到。

那些全都是小小的變化。

有時候也會因為搞錯努力的方向，結果稍微退步。

然而這樣的變化若持續個十天會如何？

持續個二十天、三十天，甚至五十天、一百天、一千天。

一直持續變化下去，又會如何？

——所謂戰士，並非打從出生就是個戰士。

是歷經好幾次的傷害與失敗摸索，一點一滴慢慢成長，最後才**變成**戰士的。

「…………」

在窗戶下又被梅尼爾踹倒、在地上滾動的祿，全身到處都很髒。

但是在我眼中看來，他那模樣就像寶石般耀眼。

尚未加工之前，光澤顯得很不均勻的石頭。

只要接下來細心雕琢、研磨，肯定能綻放出美麗的光芒。

這樣一想，我心中的不安就莫名緩和下來，湧出溫柔的心情。

——布拉德。

搞不好布拉德以前也有過這樣的心境吧？

被梅尼爾持續追逼，攪盡力氣的祿，到了午餐時間已經在食堂徹底累癱了。

居然能夠把那麼耐操的祿榨乾到這種程度，梅尼爾真的很了不起。

不過他本人似乎也消耗得很嚴重，只跟我說一句「我到外面吃，接下來交給你」之後，便搖搖晃晃到街上去了。

大概是不想讓指導對象看到自己虛弱的一面吧。

真不知道該說是很像個野生動物，或者說很符合梅尼爾的個性。

「來，吃飯吧。」

我說著，把早上來工作的女傭阿姨預先做好的蔬菜與燻肉湯裝在深盤子中，端到餐桌上。

另外還有不是鬆軟而是緊實、密度很高的雜糧麵包，以及水煮蛋。

……總之就是重視分量的餐食。為了鍛造身體。

「總、總覺得、我吞不下去……」

「那樣你剛才的鍛鍊都會白費，就算吞不下去也要硬塞才行。活動過身體之後若沒有補充相對應以上的食物，鍛鍊就沒有意義了。」

運動之後要大量攝食。

這是布拉德以前也對我反覆施行過的基礎。如果沒做到這點，鍛鍊就稱不上鍛鍊。

「你慢慢吃沒關係，把這些全部吃進肚子吧。」

要是在絕食狀態下活動身體讓肌肉萎縮，還不如乾脆都別動。

「好、好的……」

餐前禱告結束後，我便看著緩緩進食的祿，並且把煮好的藥草茶倒進杯子中。

畢竟我同樣每天都有在鍛鍊身體，因此也細嚼慢嚥地默默吃著餐點。

面對一個累癱的人如果刻意找話題聊也只會讓對方更累，所以我保持沉默。

像這樣緊實又略帶酸味的麵包，在前世好像是德國一帶的麵包特色吧……就在我咬著有點特別的雜糧麵包並想著這種事情的時候……

「……呃，請讓我再度向您表示感謝。真的很謝謝您。」

祿端正坐姿，開口對我如此說道。

「嗯？怎麼忽然講這個？」

「您不但收我為從者，還為我鍛鍊，甚至提供我餐食與薪資……我真的感激不盡。」

他淡褐色的眼睛筆直凝視著我。

於是我放下手上的麵包，與他對上視線。

「……請問您知道我們的過去嗎？」

「嗯。」

「那、那麼，關於我的立場也……」

「我大致上可以想像得出來。但我不會追究得太深入，所以等你想講的時候再告訴我就可以了。」

「…………是。」

祿的視線稍微往下移了。我想這個『祿』的稱呼大概也是略稱吧。

我還不知道他的本名叫什麼。

「我在氏族之中……呃，算是比較高貴的血統。」

「嗯。」

「因為父母都患病早逝的緣故……我從小就在族人們萬般呵護下長大。」

「看起來是那樣。」

他一直以來真的飽受大家珍愛。可是——

「可是我自己也有疑惑過，這樣下去真的好嗎？」

或許正因為如此，反而讓他產生了自卑感。

「以火焰之神為祖神的矮人族是以身為戰士為傲。然而在族人中領頭的我卻如此軟弱，如此膽小……」

或許因為出身高貴的緣故，讓他抱有相對的義務感與責任感。

「…………」

「當、當我聽說關於您的傳聞時，心中非常崇拜。年紀與我相近的您不但立下許多英勇事蹟，還當上了領導一個地區的領主——我很希望自己也能變得像您這樣。」

祿原本因緊張而僵硬的臉頓時放鬆，浮現出笑容。

「所以……現在能夠服侍在您身邊，真的就像做夢一樣。能夠向您學習何謂戰士、何謂勇氣，讓我高興得無法自己啊。」

看到那笑臉，連我都莫名感到心頭發癢。

「……謝謝。我也會努力讓自己無時無刻都配得上身為你的主子。」

我不禁害臊地笑著這麼回應。

然後——

「不過，關於何謂勇氣，我應該沒自信可以教你喔？」

我又帶著些微苦笑，如此補充了一句。

聽到我這句話，祿當場呆住了。

感覺他好像不能理解我究竟在講什麼的樣子。

「呃、那個……」

「意思是說，我其實也不是那麼有勇氣的人啦。」

「………您明明就那樣勇敢挑戰飛龍(Wyvern)與奇美拉的說？」

對於祿的疑問，我點點頭。

「我說啊，祿。那些行動看在世人眼中，或許像個勇者也說不定。大家會認為我是勇於挑戰恐怖怪物的勇士——但實際上又是如何呢？」

我自己本身實在不那麼認為。

畢竟……

「挑戰自己確實能夠獲勝的對手，可以稱作是『有勇氣』嗎？」

祿頓時睜大眼睛。

「確實能夠獲勝的、對手……？」

「我就是能獲勝。」

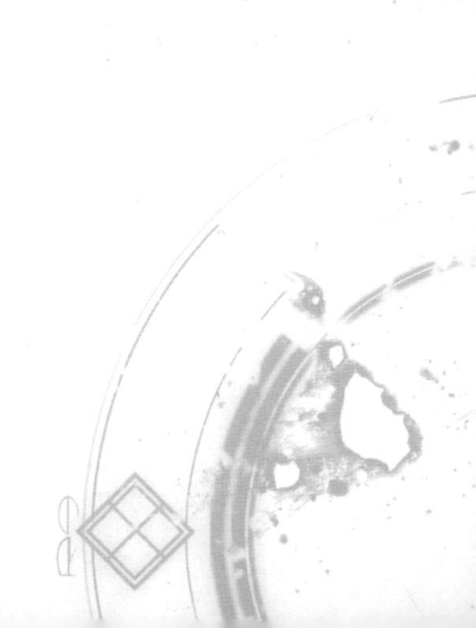

就是能贏。

就算要我再和那隻飛龍(Wyvern)徒手戰鬥，一百次中應該可以贏九十九次。

對付奇美拉的時候也是，只要準備好適切的武器與防具，就決不會處於劣勢。

「這是很單純的戰力分析——和飛龍(Wyvern)或奇美拉比起來，我壓倒性地強上很多。只要靠我徹底訓練出來的動作，就能殺掉牠們。」

「…………」

祿啞口無言。

看起來似乎不知道該講什麼才好的樣子。

「我想我應該比你或大家所想像得還要強很多。」

究竟我和普通人之間實際上有多大的差距——能夠具體掌握這點的人，恐怕只有梅尼爾、雷斯托夫先生以及其他幾名觀察力敏銳的人吧。

「不管是面對飛龍(Wyvern)還是奇美拉，其實我一點都不害怕。」

我曾經只有一度，面對敵人的戰力而感受過恐懼。

唯有那個包覆著黑色霧氣的存在，曾讓我感到絕望、雙腳發軟、縮起身子。

而當時我之所以能重新振作起來——絕不是因為我有勇氣的關係。

要是那時候只有我一個人……

我肯定會被恐懼與絕望擊敗，選擇抱著頭等待暴風雨過去吧。

「打贏比自己弱小的對手，並不能稱為勇者。贏過自己根本不怕的對象，並不能稱為勇氣。」

「那麼……」

淼一臉茫然地向我問道：

「那麼請問、勇氣究竟是什麼？」

「……我也很想知道那個答案。」

那時候是因為有瑪利斥責激勵，我才重新站了起來。是因為我想要保護那三個人，才能勉強發抖的雙腳往前邁出步伐。

當時的我並沒有特別滿懷勇氣。

反而應該說是沒有依靠精神上的力量，只靠著徹底鍛鍊過的肉體與充足的準備，獲得了本來就應該獲得的勝利。

或許我延續了前世的特點，個性上其實很膽小。

「……究竟該怎麼做，才有辦法挺身挑戰比自己還要強的對手，強到教人絕望的對手呢？」

開戰時刻將近。

但我肯定沒有時間準備好能夠完全勝利的布局吧。

到時候，我真的能夠挺身戰鬥嗎？

……我真的有那樣的勇氣嗎？

那天下午，當我和祿一起在辦公室處理著數量不多的公文時，我感受到有人的氣息進入玄關。

是客人嗎？我如此想著並暫時讓手上的公文處理告一段落的時候——傳來了敲門聲。

「威廉，我回來了。」

是我熟悉的聲音。

房門打開後，我看到門外站著一名男子。

一臉鬍鬚，眼神銳利，體格鍛鍊得相當健壯。

魔獸皮革製成的厚重披風上有怎麼洗也洗乾淨的敵人血跡與草汁沾染，形成斑斑點點的汙漬。

此人正是擁有《貫穿者》稱號的冒險者……

「雷斯托夫先生！歡迎回來。事情怎麼樣了？」

「委託的魔獸已經全數討伐——另外有遇到《隊長級(Commander)》的惡魔率領幾名士兵亂

走，所以也討伐掉了。」

因此要確保擁有解決這些麻煩的實力，人格上又值得信賴的戰力人才，一直都是我面對的問題。

相對地，雷斯托夫先生是一名尋求強勁對手，追求名譽和榮耀的冒險者。

他的用劍實力，尤其是堪稱神速的突刺是強大到許多武勳詩中都有描述的程度，在性情粗野的冒險者之中很重義氣，言行舉止上又莫名高尚。

簡單來講，我和他之間的利害關係基本上是一致的。

我保障他衣食居住上的需求，並持續提供對手。

而他則將自己的戰力借給我，並擊敗敵人獲取武勳。

雖然在名義上我是他的雇主，但身為戰鬥老手的雷斯托夫先生其實有很多地方值得我學習。

像這樣沒有明確區分上下的合作關係，到目前都相處得非常順利。

「其他並沒有什麼特別重大的異常。詳細內容就跟平常一樣，向安娜報告便行了嗎？」

「是的，就麻煩你了。」

「另外……我聽說你收了個新的從者。」

他說著，把視線望向祿……

「……總覺得欠缺風采啊。」

用低沉的聲音如此呢喃。

最近這段時間都在遠方村落巡迴的雷斯托夫先生今天是第一次與祿見面。

「啊、嗚……」

面對那銳利的視線與率直的評論，祿頓時表現得有些畏怯。

雷斯托夫先生無言地看著祿一段時間後……邁步走過去，把手伸向站起身子的祿。

「背不要那麼駝。」

他輕輕拍了一下祿的背部，接著抓住雙肩，用力拉開。

「肩膀也太前面了。那種姿勢會看起來無精打采，氣勢銳減。」

聽好了。雷斯托夫先生如此說道。

「是男人就把下顎縮起來，挺直背脊，閉緊脣角。不要讓視線亂飄，固定在面前對象的眼睛或嘴巴的地方。」

「好、好的……！」

「很好，稍微像樣一點了。」

雷斯托夫先生總是會看著對方的眼睛講話。

「我是雷斯托夫。你叫什麼？」

「我、我叫祿。」

「祿啊。你是怎麼想威廉的？」

「我、我很尊敬他！」

是嗎。雷斯托夫先生說著，點點頭。

「既然這樣，你身為他的從者就不要表現得拉低主子的格調。」

「！」

「記得隨時抬頭挺胸，把視線往前固定好。當開口講話的時候，要大大方方說出正確的話語。若說不出來，不如選擇沉默——這樣才稱得上是個出色的男人。知道了嗎？」

「是！」

雷斯托夫先生對祿每說一句話，祿的背脊就越挺越直，視線越來越固定。

我也多多少少可以理解祿的心情。

該怎麼說呢……只要被雷斯托夫先生銳利的眼神緊盯著，聽到他說出那些話，就會讓人有種自己真的可以辦到的感覺。

能使對方產生願意嘗試的想法，或許也是一種才能呢。

「……威廉。」

「是。」

「不介意吧？」

「請。」

雷斯托夫先生雖然有時候講話很精簡，但畢竟已經相處幾年，我也大致上可以聽懂他想表達的東西了。

像現在的「不介意吧？」就是指「你不介意我也出嘴管教這傢伙的言行舉止吧？」的意思。

「倒不如說我本來就有打算也拜託雷斯托夫先生了。」

「是嗎。」

雷斯托夫先生緩緩點頭。

「你叫祿是吧？」

「是的。」

「今後我也會稍微管管你的事情。」

「好的！」

經驗豐富又性情率直的雷斯托夫先生，與純樸老實的祿，兩人應該很合得來吧。

「……對了，雷斯托夫先生。」

「怎麼？」

「請問你覺得什麼叫勇氣？」

我不經意想到而問了一下。

結果雷斯托夫先生眉頭一皺，看著我說道：

「我是不清楚你在想什麼……但如果尚在思考那種問題的階段，應該就無法明白何謂勇氣吧。」

後來又經過了一段時日。

雖然我一邊收集情報的同時，也一邊警戒著《鐵鏽山脈（Rust Mountains）》方面的動靜……然而從夏季一直到秋季這段期間都好像只是自己白操心似地非常平穩。

麥子收成後，我們便舉行了一場熱鬧的豐收祭典，大家紛紛搬出新釀造的艾爾酒與水果酒開起宴會。

只要圍著營火握起酒杯，就不分是人族或矮人族了，大家都笑飲狂歡。畢竟這是為了促進城鎮居民和睦的活動，因此我也率先到各處的宴會露臉出席了。

古蘭迪爾先生、葛魯雷茲先生與雷斯托夫先生暢談各自的冒險事蹟，結果一群喜武之人便意氣相投起來。

梅尼爾也很難得地和我跟祿搭起肩膀，表現得非常開心。

就這樣進入秋季後，如橡樹子之類的樹果開始掉落，便是讓家畜進入森林的季節了。放牠們出去食用營養價值高的樹果，養胖準備過冬。並且將其中一部分屠宰製成煙燻或醃製食物，為冬季做儲備。

另外為了收集過冬用的薪材以及果實、菇類等食材，進入森林的人數也會增加。今年一如《柊木之王》的約定，森林豐收，讓大家都很開心。

到了這個季節，冒險者們也會變得比較忙碌。

以前在這個地區只要人類或家畜進入森林就會遭到魔獸攻擊，所以不太能夠利用森林資源，也因此受到諸多限制。

大家被迫只能在村落周圍確保的小範圍安全區內勉強生活，進入森林深處等於是一種自殺行為。

不過我到這裡兩年來，那樣的狀況已經大幅改善。

因為我和冒險者們好幾次大規模掃蕩過森林中的魔獸。

如今相當大片的區域已經成為人類的活動領域，魔獸的地盤範圍縮小，能夠拿來放牧或採集的地區也增加了。

話雖如此，這地方是《魔獸森林》的事實並沒有改變，依然還是有很多魔獸想要入侵到人類的生活領域來。

而迎擊那些魔獸，順便探索埋沒在森林中的遺跡，就是這塊地區的冒險者們主要的工作之一。

他們受雇於各處村落，以些許的金錢與斬殺魔獸獲得的皮革為酬勞，擔任村落專屬的魔獸獵人負責討伐魔獸。

藉由這樣的合作關係，村落們得以確保生活安全，而冒險者們能獲得報酬，有時候討伐了強大的敵人也能獲得名聲。當然，也會有冒險者因此喪命。

……或者偶爾會有受雇的冒險者不小心和村子裡的年輕姑娘或寡婦結下親密關係，然後就這樣變成了村落的居民。

不管怎麼說，總之這些透過討伐魔獸獲得的皮革和獸骨，會連同村落收成的小麥或蔬菜以及薪材木炭等等一起被販賣到《燈火河港》(Torch Port)。換得的金錢可以讓冒險者們補充裝備，或是讓村民們添購農具、生活必需品及家畜。

就這樣，村落能夠提升經濟力、生產力，相對地《燈火河港》(Torch Port)則可以靠買得的食材或燃料養活城鎮居民。

城鎮的工匠們藉由農村提供的食材維持活動，從事鍛造、陶藝、木工、紡織等工作，製造可以販買給農村或都市的各種商品。

從《白帆之都》(White Sails)定期或不定期會有船隻裝載《燈火河港》(Torch Port)周邊一帶無法生產的

商品來到這裡。

勞工們負責從船上把那些商品搬下來，並且將這裡生產的木工品或陶器搬上船。

商人們透過《白帆之都(White Sails)》與《燈火河港(Torch Port)》之間的河川交易獲取利潤。

另外也有準備好倉庫之類的場所，以城鎮中各種居民為對象開店經營的例子。

而身為領主的我——雖然說大半的公務其實都是靠神殿長借給我的神官們在處理就是了——則是從這些商業活動中徵收資金或勞動力，統治營運整塊地區。

例如稅金、按日數輪班的勞役工作或是港口、倉庫與市場等場所的使用租金等等。

《燈火河港(Torch Port)》的經濟、產業與行政就是透過這樣的方式在運轉。

目前城鎮中各種產業的規模都逐年在擴大，即使勞動市場不斷變動，也至少還保持著求職者些許有利的狀況。

多虧如此，就算從北方《草原大陸(Grass land)》來的移民數量有增加的傾向，也還不至於到馬上會引發問題的緊繃程度。

雖然偶爾會有上下波動，但還算是取得平衡的良好循環。

這可以說是很幸福的狀態，然而也是走在危險邊緣的經營狀況。

只要平衡一遭到破壞，良好循環轉眼間就會出現破綻。

例如說，萬一處於經濟循環基礎的《魔獸森林》各地農村遭到魔獸大規模破壞，結果會如何？

這樣連帶會使依靠農村提供食材與燃料的《燈火河港(Torch Port)》爆發糧食危機，加上燃料不足也可能導致各工坊停止運作。

那樣的狀況下商人們也會降低往來頻率，使得船隻進出數量減少。如此一來稅收也會減少，使行政對應能力降低，讓魔獸們更加橫行——一旦進入這樣的連鎖效應，要再重新振作就很困難了。

客觀來看，目前《獸之森林(Beast Woods)》在面對緊急狀況時的餘裕、緩衝範圍非常少。

——因此麻煩狀況必須在早期發芽階段就摘除掉才行。

「喝啊啊啊！」

隨著充滿氣勢的吶喊聲，我的身體被扛起，天與地一口氣翻轉過來。

就在我用手臂著地做出護身動作的瞬間，強勁的一腳踩到了我的頭旁。

……雖然是我多少有點放水，但這次要算是我輸了。

「漂亮！剛才這一招做得很好喔！」

我抬起頭用開朗的語調如此說道後……

悍。

「謝、謝謝您！」

祿馬上出聲回應我。

這幾個月來接受過各種人物指導的祿，現在已經能挺直背脊，給人感覺相當精

雖然實戰經驗還不夠，但實力日漸進步，言行舉止也變得有模有樣。

……看來他果然很有天賦。

若限定於使用武器或徒手格鬥的比賽，他和我、梅尼爾或雷斯托夫先生交手即使依然處於下風也算是有個樣子了。

尤其是在格鬥方面非常厲害。

在訓練祿的過程中讓我注意到，矮人族這個種族在纏鬥技上有相當高的素質。

畢竟他們身材結實、力氣大，不過身高較矮。祿雖然在矮人族中算是個頭比較高的，但也不到超過人類或精靈族的程度。

而身高較矮就表示重心在比較低的位置。

外行人纏鬥時若遇上雙方互推的狀況，很多人會產生「從上方施力，將對手往下壓倒」的印象，並實際這麼做。

但其實「壓低重心，從下方把對手扛起來」才是比較正確的做法。

如果不太明白，可以想像一下一顆大球與一顆直徑大約只有一半的小球從側面

互相推擠的畫面。

在推擠過程中小球自然會鑽到下面，把大球頂起來吧。

當人的雙腳離地，就會找不到出力點。

因此讓自己變成小球，從下方站穩身體，利用地面的力量把對手往上撐起，就是纏鬥時正確的獲勝原理之一。

在這樣的意義上，個子較矮又身材結實，可說是相當有優勢的體型。

只是這樣在攻擊距離上會比較短，所以如果要拿武器戰鬥應該比較適合拿長柄武器吧。

正當我想著這些事情的時候……

「領主大人，領主大人。」

我聽到有人在叫我的聲音。

於是我轉頭一看，發現是一名將亞麻色的秀髮綁成辮子、看起來個性認真的女性。

「安娜小姐。」

她正是巴格利神殿長派遣給我的神官小姐。

在統治城鎮或舉行祭祀等方面，我總是受到她很多關照。

……雖然之前我聽碧說，她和雷斯托夫先生之間的關係很可疑，但畢竟我對那方面的事情比較遲鈍，所以也搞不清楚是真是假啦。

「請問有什麼事嗎？」

「我們收到一件稍微比較緊急的陳情。」

「陳情嗎？請問發生了什麼事？」

「據說有人在森林中目擊到不死族……」

「不死族……」

最近這陣子遇到的多半都是和魔獸或惡魔有關係的麻煩事，很久沒遇到跟不死族有關的案件了。

……《獸之森林(Beast Woods)》周邊與不死族相關的案件，都會經由神殿優先交到我手上處理。

雖然交給冒險者們去處理也是可以，但他們並不一定都懂得讓死者安息、歸返輪迴的方法。

當然，如果對手是殭屍或骷髏人之類的，只要幾名戰士拿戰鎚粉碎到不留原形的程度，對於受到威脅的人民來講就算是解決問題了……但那樣再怎麼說都有點殘酷。

一方面因為我過去被瑪利、布拉德與古斯三人養大的經歷，讓我總是忍不住會對不死族產生同理心。

因此這方面的案件我都盡可能自己處理，就算我實在無法處理也會請哪位神官出面。

「……啊。」

我不經意想到。

這次的案件或許剛好適合讓祿初次上陣。

基於信仰燈火之神的關係，我面對不死族擁有相當大的優勢。

比起對付魔獸，當陷入危險時我比較可以從旁輔助。

「祿，關於這件事情，我會出面處理。你願意跟我一起來嗎？」

「……！好、好的，請讓我跟隨您！」

還殘留有夏季餘韻的森林中，可以聞到濃郁的泥土與綠草氣味。

樹下的雜草生長茂盛，矮樹叢與藤蔓也相當濃密。

就算比起盛夏時期稍好一些，但視野如此差也依然很危險。

「雖然矮人族在昏暗中似乎也可以看得很清楚，可是你不要太過依賴視覺喔。」

「好、好的。」

我轉頭看向走在後面的祿，如此提醒。

他身上穿著一套打鉚釘的皮甲，戴上頭盔，手握一把閃亮亮的戰斧。

畢竟他的體格本來就不錯，只要挺直背脊，穿戴好裝備，看起來就很有架式。

「……來確認一下。我們要前往的目的地是？」

「西邊的、《柱塚》。」

因為最近對魔獸的討伐行動，讓人類的活動區域也擴大了。

為了採集山菜或狩獵而深入森林的獵人，或是前往討伐魔獸的冒險者也經常會發現新的遺跡。

這次我們準備前往討伐不死族的地方，就是那樣的場所。

由發現者命名為《柱塚》的那個地方，據說是有許多古老腐朽的木頭柱子排列的小山丘。

「那是不久前才報告發現的場所，但目前還沒有進行過探索。主要原因是它位於森林相當深處的地方，以及——」

一陣風吹來。

四周開始飄起霧氣。

「不知是地形影響、古代魔法結界或是土著靈精的惡作劇，這地方非常容易起霧。」

原本稀薄的白霧隨著我們走得越深入，就變得越濃密。

「另外最後的原因是，這地方有不淨的氣息。身為發現者的獵人主張有看到不死族，然而……」

據說獵人當時情緒相當動搖，因此目擊情報非常曖昧不清。

伴隨一股教人不寒而慄的氣息，在濃霧中似乎有看到什麼東西在動——就像這樣的感覺。

搞不好只是單純眼花看錯。

或是魔獸，或是從遺跡中徘徊出來的哥雷姆之類的存在——

「現在還不清楚會冒出什麼東西。如果只是目擊者被現場氣氛影響而眼花看錯就好了，不過我們還是提高警覺吧。」

「是！」

接著，我們默默在濃霧中探索了一段時間——

視野忽然變得開闊。

「咿……！」

從我背後跟上的祿小聲發出尖叫。

「……這個、好壯觀啊。」

我則是對眼前的景象不禁看呆了。

在霧氣瀰漫的山丘上，排列有大量的木頭柱子。

雖然多半都已經剝落，但那些柱子上似乎本來塗有紅色的顏料。

「真、真教人毛骨悚然……」

「是啊。不過也很莊嚴。」

在一片白霧中，林立大量腐朽或顏料剝落的紅色柱子。

把視線越往深處看，被霧氣籠罩的柱子就越模糊，看起來彷彿在搖曳。

就好像細長而畸形的血色巨人影子。

從前在這個場所確實有人活動過，而留下的殘骸們現在就靜靜地佇立在我們眼前。

我用手勢打暗號後，便帶著祿踏到溼潤的泥土上，慎重前進。

這次我沒有帶梅尼爾或雷斯托夫先生一起來。

畢竟這不是什麼需要全員出動的案件，而且考慮到《柊木之王》的預言，因此我請他們留在《燈火河港（Torch Port）》待命。

然而，現在我不禁有點後悔。

像這樣的探索行動，真要講起來是梅尼爾比較擅長。

因為他身為半精靈感官敏銳，又能請妖精協助，所以比我還適合進行調查行動。

話雖如此，現在講這些也沒意義。這次只能靠我自己的力量了。

「…………」

我一邊注意左右狀況，一邊緩緩接近山丘。

首先確認了一下那些柱子，果然是木頭製的。

它們都有確實經過處理，切割成八角形或六角形，深深埋入地面中。

——紅色的裝飾或許是現在已經失落的某個部族風俗或文化，帶有宗教上的祈禱意義吧。

正當我這樣思考的時候，一陣微暖的風忽然吹過。

「哇！」

祿當場發出尖叫。

臉色變得蒼白的他伸手所指的方向，在一根柱子後面……

——似乎有什麼東西在看著我們。

◇◆◇◆◇◆

「啊、啊……！」

我趕緊架起《朧月(Pale Moon)》，看向臉色蒼白的祿手指的方向。

「…………」

裂開的臉部。

腐壞的褐色肌膚。

空洞的眼窩與參差不齊的牙齒。

那是……

那毫無疑問是——

「那並不是什麼殭屍喔。」

我不禁露出微笑。

「欸？」

「來，你仔細看看。」

我帶著祿走近一瞧。

那是張大黑色的恐怖眼窩，露出用鳥類羽毛根部做成的牙齒，外觀被刻成人型的木製人偶。

使用的木頭應該跟排列在周圍的柱子是一樣的。

「這大概是守墓者吧？」

「守、守墓者？」

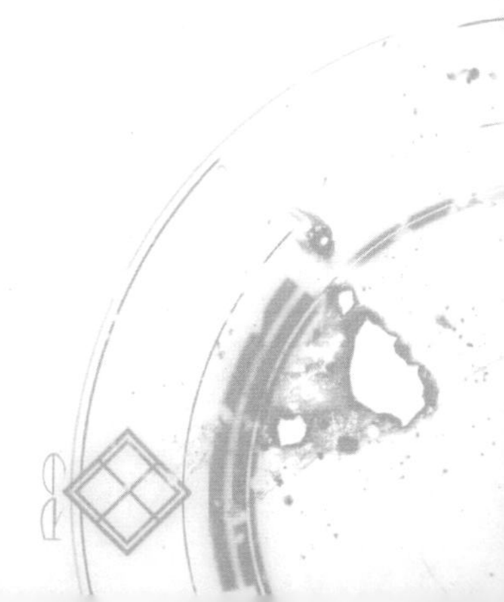

「嗯。」

既然會配置這樣恐怖的人偶在這裡，就代表──

「這地方，是塚……也就是墳墓啊。應該。」

我環顧一下四周的柱子。

這一根根的柱子……想必就是曾經在這塊土地生活過的人死後的墓碑。

只要這樣一想，這個奇妙的場所也可以解釋得通了。

「之所以會配置這樣外觀恐怖的人偶，我想大概是為了嚇唬盜墓賊吧。」

或許有人會覺得，區區人偶哪會有什麼效果。然而就好像前世的日本人偶一樣，讓人感覺好像注入了什麼感情的人型物體是很恐怖的。

對於抱著內疚的心情前來盜墓的人而言，這守墓者想必會看起來更加恐怖。

就算無法趕跑全部的非法之徒，只要能嚇走沒有真心想做壞事的對象，就算很有效果了。

以前世來舉例，就有點像是偽裝的防盜攝影機。

「而這個地方會起濃霧，也許是什麼魔法結界或者與這塊土地的靈精結下契約的效果吧。」

為了讓先離開人世的珍惜對象能夠安息，從前的人們下了許多功夫，得出的成果就是眼前這塊墓地。

「這是花了好幾代的時間，注入許許多多心血造出來的……充滿各種心意的場所啊。我想。」

「…………」

我把槍輕輕放下，並跪下身子。

……交握雙手獻上禱告。

我們並不是來盜墓的。

所以請各位安詳休息吧。

我結束一段時間的禱告後，發現祿也仿效我一起禱告著。

「……呃，可是……」

「嗯？」

「既然這樣，那請問不死族又在哪裡呢？」

「如果這地方是墳墓，我開始認為應該是目擊者看錯的可能性很高了。」

「……？可是既然是墳墓，總覺得應該更容易出現不死族吧？」

聽到祿這句話，我頓時疑惑歪頭。

「為什麼？**大家都有被好好供養啊？**」

既然是墳墓，基本上都是透過正確的程序被弔唁過的屍體。

姑且不論給人的印象如何，其實產生不死族的機率反而是很低的。

「應該是遭到殺害後被隱藏起來的屍體，或者曝屍荒野的人才比較容易受到不死神的庇護——畢竟那神明有那神明心腸好的地方啊。」

我如此小聲呢喃。

「不死神……心腸好、嗎？」

「很好啊。祂心腸非常好。」

我聳聳肩膀。

在這點上，就算是曾經敵對過的我也不得不承認。

不死神斯塔古內特的心腸是很好的。

只不過像我或其他多數的人都無法接受那種站在神明視角的好意，所以才把祂稱為惡神。

但我認為那樣的稱呼絕不是在否定那神明的好心腸。

「不死神斯塔古內特只是無法忍受有人悽慘地、帶著失意或悲嘆迎接死亡。所以就像精靈神的祝福會使季節與大自然產生變化一樣，不死神會賜予各種迎接了死亡的生物推翻自己悲劇的權力。

透過成為不死族，重新站起來的方式。」

「呃……」

「哦哦，我知道你想講什麼。那種祝福對於多數的人類來講不但不值得高興，反而是添麻煩啊。」

我聳聳肩膀。

「對於生者來講，例如哪天遇到已故的雙親用腐敗的身體擁抱自己，肯定不會太好受吧。對於死者來講也是，那通常只會讓臨死前後悔的想法深植腦中，沒留下多少理性，只能做出失控行為。

成為不死族後還能保有理性的……只有一少部分意志與靈魂強韌的人物而已。」

然而，即便如此——

「即便如此，不死神所賜予的依然不是詛咒而是祝福。這是事實。

祂是真的打從心底抱著『你們沒有必要抱著失意結束自己的生命。就用你們靈魂的光彩推翻死亡吧』的想法。」

「呃…………」

祿好像有什麼話非常想講。

「威爾大人，呃……您好像知道得莫名詳細的樣子，那個、該不會……」

啊！

「您跟《不死神的木靈(Echo)》……啊、不，就算是威爾大人應該也不可能吧。那麼請問您是遇過《使者（Herald）》之類的嗎？」

「…………」

「您、您為什麼要把眼睛別開！」

「不、呃……那個、該怎麼說呢，就是……哈哈哈……」

「不是什麼哈哈哈吧！」

「哈哈哈……」

夾雜如此一段對話的同時……

我們在山丘上到處繞了一段時間，果然還是沒發現什麼可疑的東西。

「嗯，看來是眼花看錯的可能性很高啊。」

「白、白跑一趟了嗎……」

「啊哈哈……哎呀，偶爾也會有這樣的事情啦。」

難得初次上陣，都做好覺悟前來，卻撲了個空。

祿露出一臉空虛與難過心情交雜的表情，沮喪地垂下肩膀。

「啊……可、可是，那位獵人說有感受到某種不淨的氣息！」

「『氣息』那種東西是很曖昧不清的，在這樣的氣氛環境下只要覺得自己『看到不死族了！』就會某名覺得好像有感受到什麼氣息了吧？」

「那樣說也是沒錯……」

話雖如此，唯獨在那點上的確讓人有點在意。

若真的是目擊者眼花看錯，我們只要回去說這裡什麼也沒有就好了……但萬一在「這裡什麼也沒有」的報告之後卻傳出受害者會很糟糕的。

就在我思考著這些事情，並繞了山丘一圈的時候……

「嗯？」

在濃霧中、山丘腳邊，灌木叢與草叢的陰影中，我好像瞥眼看到了什麼東西。

「祿，這邊。」

於是我撥開草叢，走近一看。

是一扇腐朽的門板。

設置在山丘腳邊，隱藏在灌木叢與草叢之中。

「這是……往塚內部的入口？」

從山丘的大小來判斷，內部應該不算很大才對。

「…………」

裡面搞不好設有對付盜墓者用的魔法或陷阱。

但是不調查一下也不行。

我在心中對這裡的埋葬者們表達了歉意。

「這邊也調查一下吧。」

「是。」

我豎起耳朵，小心翼翼地把手放到門板上。

門上沒有鎖，構造相當單純。即使歷經了漫長的歲月，到現在依然勉強可以打開。

「《光(lumen)》……好。」

我讓瑪那集中到愛槍《朧月(Pale Moon)》上的《記號》刻文上，確保魔法性的照明手段。

「另外……《燃燒(flammo)》《火焰(ignis)》。」

接著又用《話語》產生火焰，點燃我帶來的火把。

「祿，你拿這邊。」

「是……可是，請問為什麼要準備兩種照明？」

「今天如果你是個在黑暗中能看清楚東西，又保有智慧的不死族，要在黑暗中偷襲沒有夜視能力的人類時，你會先瞄準什麼地方？」

「…………」

「很高興你理解了。」

魔法性的照明靠水澆不熄，相對地，能夠熄滅魔法照明的《消除的話語》又無法熄滅實際存在的火焰。

因此只要準備好兩種照明手段，雙方同時被熄滅的可能性就很低。這是探索行動上的基本觀念之一。

像這樣確保照明手段，又確認了幾項裝備之後，我們便踏上溼濘的泥土墓道，一邊注意崩塌的可能性一邊慎重進入深處。

就在我們即將抵達墳墓最深處的玄室時——

密度異常的不淨氣息瞬間迎面撲來。

「……！」

「咿！」

我不禁全身僵住的同時，寒毛直豎起來。

不對。

這個不對。

這才不是什麼一般自然產生的不死族。

【——歡迎來到我的寓所。】

從黑暗深處傳來聲音。

我的背脊頓時發涼。

這股濃密到教人忍不住會當場跪下的強烈氣息——我有印象。

祿雙手緊握戰斧的握柄，全身不斷發抖。

【燈火的戰士啊，兩年不見了吧？】

在玄室深處的黑暗中，有一對紅色的眼睛。

在笑——對方瞇著眼睛，在笑。

第四章

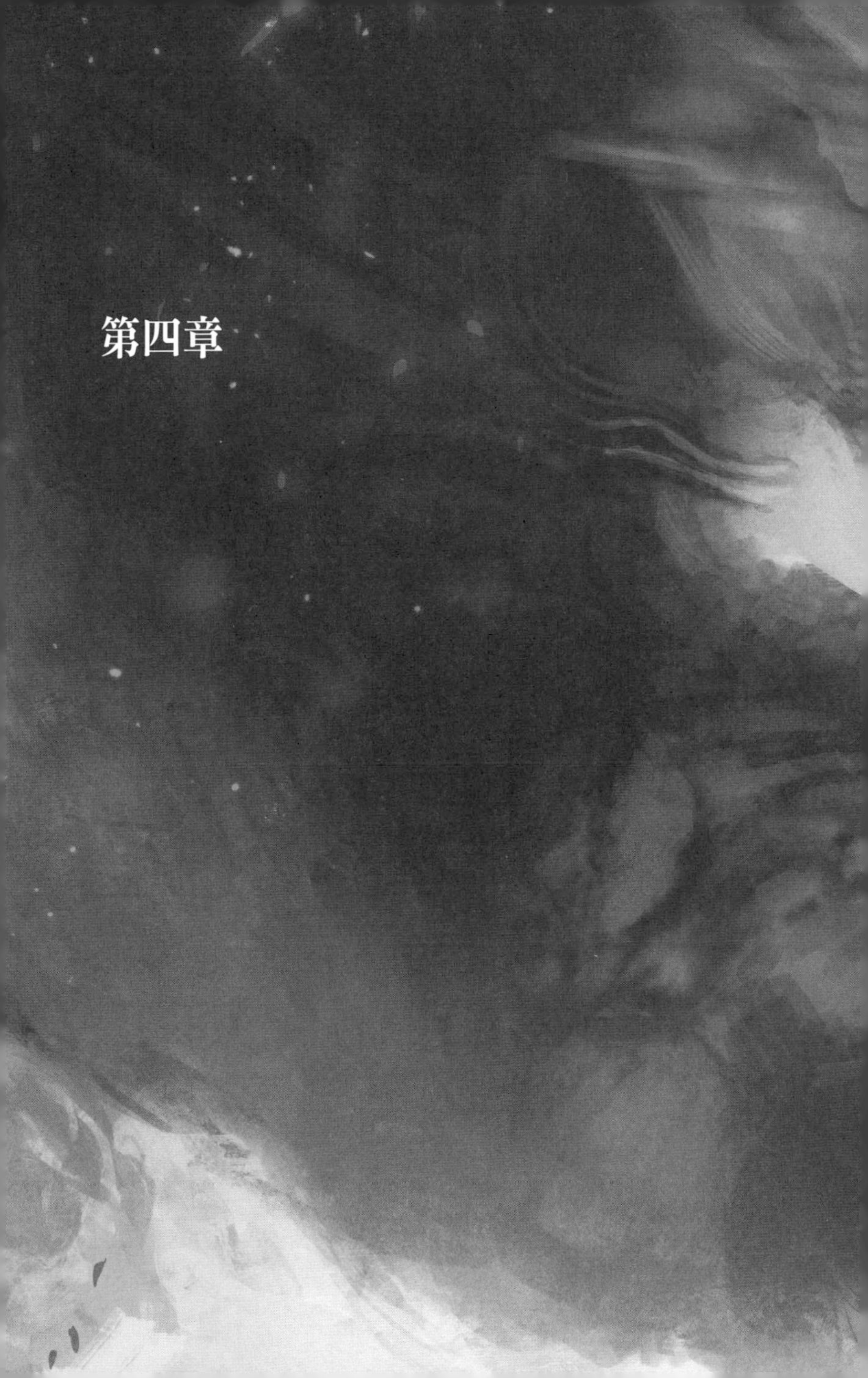

玄室中陳列有幾尊木製的棺材。

天花板被固定為拱門狀，牆壁是鮮豔的紅色，並繪有讓人聯想到流水的紋路。

空間雖然有深度，但稱不上是寬敞。

「……我沒餘力保護你，你盡全力逃走吧。」

我對祿這麼說著，並往前踏出一步。

調整呼吸，將注意力放到瑪那的循環上——

【哦哦，等等，燈火戰士，還有那位矮人族朋友也是。】

從深處傳來對方裂嘴微笑的氣息。

【如果有要開打的意思，那就算你們贏吧……畢竟我今天可不是《木靈（Echo）》啊。】

聽到對方這麼一說，我才發現。

對方的氣息並沒有以前那樣濃密，那樣具有壓倒性。

當然，和普通的魔獸或惡魔比起來還是強烈到難以相提並論，但反過來說，也就是那種程度而已。

並沒有那種不由分說、無從反抗的絕對者氣息。

我緩緩將《朧月（Pale Moon）》發光的槍頭伸過去，便看到在玄室深處、大概是象徵祖靈圖騰而擺有獸骨的祭壇上，停了一隻大烏鴉。

帶有光澤的黑色羽毛，以及莫名讓人感到不祥的紅色眼睛。

「……《使者（Herald）》。」

比起強大的《木靈（Echo）》等級稍低，神明們為了顯示神意用的傳令者。

【正確答案。】

微笑的氣息變得更加濃烈。

【哦哦，另外你放心吧，我完全沒有對這間玄室中的死者們出手。畢竟他們的靈魂都已經歸返輪迴，就算我準備一批烏合之眾的軍隊也對你沒用啊。對方這麼說道。

大烏鴉接著瞇起眼睛。

【哎呀，多虧以前被你狠狠修理了一頓的關係，現在不管我再怎麼努力也暫時都沒辦法讓《木靈（Echo）》降臨到這塊土地了。】

我感受到祿驚訝得嚥了一口氣。

——話說，『暫時』是嗎？

在神明的感覺中所謂的『暫時』，不知道是指幾年，或者幾十年啊。

【所以說，我只能像這樣派遣《使者（Herald）》——】

「來享受釣魚的樂趣嗎？」

【又是正確答案。哎呀，你的直覺還是如此敏銳啊。】

不知為何，總覺得眼前這個對象和我越講心情越好的樣子。

「真是差勁的娛樂。」

【要那樣講，釣魚這種活動對魚來講本來就是很差勁的娛樂。這就是所謂的神明，不能用人類的尺度來衡量事情。】

那位獵人在這座《柱塚》感受到的不淨氣息，簡單來講就是眼前這隻不死神派來的烏鴉搞的鬼吧。

只要在這片區域內垂下『目擊到不死族』這樣的誘餌，就會有相當高的機率可以讓我**上鉤**。

如果一次沒能釣到，換個場所再試就行。

這種需要花上漫長時間的做法，實在很符合神明的特性。

只不過——

「你的目的看起來並不是想找我報復以前的事情吧？」

【沒錯。首先讓我向你道歉。】

「……啥？」

【之前的《木靈（Echo）》在消散之際表現的醜態讓你見笑了。我實在深感羞愧。竟然做了那樣對不起你的事情。】

大烏鴉語氣非常認真地如此說著。

【《木靈（Echo）》是將吾等神明的力量與精神強行扭曲並塞入靈精或人類的型態所形成

的東西。因此剛顯現不久的《木靈》多少會有容易受感情影響、容易衝動或是帶有幼兒性的傾向……不過就算我講這些也無法當成藉口吧。】

我不禁張大嘴巴。

沒想到神明——是貨真價實、真實存在的『神明』——居然會對我說出道歉的話語。

「啊、呃、啊……」

祿的嘴巴不斷開開合合。

……畢竟對方可是光靠氣息就能確定「這是神的使者」的存在。

見到那樣的存在竟然如此親近地在對我講話，祿會陷入混亂也是難免的。

【哦哦，矮人朋友。我和這位燈火的戰士以前曾經交手過。雖然說是在被他的師父消耗過相當多力量之後，但他依然可以稱得上是個強敵。

在那之前我被純粹的人類消滅《木靈》，已經不知是多久以前的事情了。而且他看起來從那之後實力又有進步的樣子，再繼續鍛鍊下去，他或許可以匹敵神話中的英雄——】

「斯塔古內特。」

我故意用帶有壓迫感的聲音中斷對方講話。

雖然對方似乎沒有主動要戰鬥的意思……但眼前這隻烏鴉可是抱著危險思想的

惡神派來的《使者(Herald)》。

誰也不知道他企圖想做什麼。

「我沒打算聽祢囉嗦。祢來這裡的目的是什麼?」

【真是冷淡。陪我聊個天又有什麼關係?看在我們的交情上】。

「我和祢之間有什麼交情?」

【我們不是互相插來插去,一同度過了那樣火熱的一晚嗎?】

「我不知道原來神明也喜歡開玩笑。」

烏鴉「咖咖」地互敲幾下鳥喙,表現出在笑的樣子。

【我今天是有些話想要對讓我升天的強壯戰士說啊】。

「請問我可以折斷祢的脖子嗎?」

【不要這樣,嚇死人了。】

輕鬆交談的同時,我內心不禁感到驚訝。

像這樣試著正常對話我便深深理解——不死神斯塔古內特這尊神明不只是在單純的力量上很強大,在另一方面也更加恐怖。

這神明**很擅於交談**。

祂懂得在對話中加入幽默與玩笑。

假設今天有人找祂商量煩惱,祂應該也會認真傾聽吧。搞不好甚至會表示共鳴。

會與對方一同摸索解決煩惱的方法，或是藉由神的力量引導對方往好的方向走。徹頭徹尾表現出真誠的態度……對，真誠到可怕的地步。

正因為如此，不死神斯塔古內特是極度危險的神明。

恐怕——最終被祂吸引的人就會自願成為不死族，自願加入祂的陣營，自願對祂效忠吧。

從剛才開始，我所信仰的神明葛雷斯菲爾就一直在我腦中敲響警鐘。

……女神拚命在警告我，不可以和對方親近、被對方吸引。

「祢那種手法對我是沒用的。直說祢的來意吧。」

【唔。】

大烏鴉「唰」地拍打一下翅膀，端正姿勢後說道：

【擊敗我的勇士，燈火的聖騎士啊。】

一如祂身為神明的身分，用莊嚴的舉止，莊嚴的話語。

【——這是我賜予你的啟示，收下吧。】

就在這句話的同時……

強烈的畫面忽然竄入我的腦海。

「……！」

不知不覺間，我身處黑暗之中。

深邃的地底。連距離感都會錯亂的深邃黑暗。

——在黑暗深處，只能看到一隻黃金色的眼睛。

彷彿縱向裂開的隙縫般細長的瞳孔。

那巨大的「存在」蠢動身體，鱗片發出刺耳的聲響。

我抬頭仰望那個「存在」。

無法動彈。

明明知道必須戰鬥，身體卻動彈不得。

為何？

為什麼？

想到這邊，我才總算發現。

我不能動也是當然的。

因為我的手、我的腳都被咬斷，不可能再動了。

——瑪利、布拉德與古斯的容貌浮現我腦海。

——明明你們養育我到這麼大，真是對不起。我不禁這麼想著。

霎時，那個「存在」的牙齒發出響聲。

彷彿在嘲笑眼前這個有勇無謀的愚蠢挑戰者似的，不斷敲響牙齒。

接著，一道光亮起。

是蓄積在龍腹中的炙熱龍息（breath）。

甚至會發出光芒的一團熱氣，從腹部竄上脖子。然後……

當那股龍息（breath）照亮獨眼之龍教人畏懼的臉部那瞬間……

——我的意識中斷了。

「嗚……！」

我的意識從遭到灼燒的畫面中回歸到現實。

「呼……呼……！」

我不禁反覆急促的呼吸。

意識其實只有中斷一瞬間。

但那卻是非常強烈的一場體驗。

那毫無疑問是「我的死」。

是我有可能會遭遇到的、死亡。

【威廉啊，汝將帶著燈火的庇佑挑戰龍——但力量不及，落敗而死。】

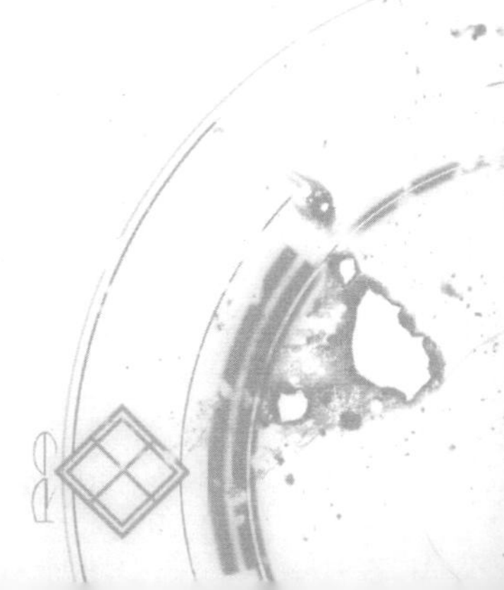

這句宛如預言的話語，充滿真實的感覺。

……既然是掌管不死的斯塔古內特，要預測出那樣的未來應該也是有可能的吧。

【若不想白白送死，就別和《諸神的鐮刀》——邪龍瓦拉希爾卡戰鬥。】

烏鴉紅色的眼睛直直朝我盯來。

「…………」

【如果不願相信，你也可以去問葛雷斯菲爾。問祂『以目前的狀況下靠我的力量加上祢的庇護挑戰龍，是否能贏？』——祂肯定會給你同樣的回答。】

漆黑的烏鴉講人話的情景極為異常，但也正因為如此，讓對方說的話更顯得有分量。

「祢為什麼要告訴我這些？」

【因為你證明了自己能成為英雄的資質。】

大烏鴉很乾脆地如此回答我。

【我深愛人類，尤其對英雄更加關注，就像你的師父們。英雄能夠靠著靈魂的光輝克服不可能的狀況，破除不合理的事情。那樣的姿態，我打從心底感到美麗。我深信那正是人類，不，世上一切存在的可能性的展現。】

「…………」

【正因為如此，我希望將那姿態永遠保持下來。我無法忍受看到那樣的靈魂被凡庸俗物拖累、陷害，在苦惱與後悔之中漸漸失去光輝的樣子。被瓦拉希爾卡那個俗物殺害也是一樣，會讓我感到噁心想吐。】

……俗物？

【嗯，原來你還沒調查到那邊——邪龍瓦拉希爾卡那傢伙，是個俗物。】

不死神斯塔古內特感到不屑似地如此臭罵後，針對邪龍開始說明起來。

【《諸神的鐮刀（Valacirca）》，其名由來自善惡諸神還在大戰的時代。

——當時的我還隸屬於被稱為『善良』的陣營中，而那傢伙——瓦拉希爾卡也是一樣。口中溢出灼熱與瘴氣的龍息（breath），紅黑色的鱗片，壓倒性的巨大身軀。在服從於六大神的群龍之中，牠是特別精悍而凶猛的個體。】

瓦拉希爾卡非常強，也是非常殘酷的龍。

他甚至毫不忌諱地表示過，自己之所以會投靠於善良陣營是因為敵方的龍與巨人很強，而且善良陣營支付的報酬比較優渥的緣故。

「……真虧當時的善良諸神會願意雇用牠啊。」

【要是不雇用，那傢伙就會投靠到敵方陣營。就算善良陣營是一群老好人，也至少懂得計算利弊得失。】

這麼說也對。

畢竟是在戰爭中，即使是品行稍差的傭兵還是會雇用吧。

【那傢伙非常執著於戰鬥、勝利以及財寶。獲勝、掠奪，享受其中……就跟野獸一樣，很單純易懂的個性對吧？正因為如此，六大神在派遣牠時也非常謹慎。】

投入在關鍵的戰役上，然後獲勝。於是原本無名的龍便漸漸被稱為《諸神的鐮刀（Valacirca）》了。

【戰爭途中，我背叛了善良陣營。之後的細節就略過不提，總之最後展開了一場決戰，善惡雙方陣營幾乎是兩敗俱傷。身負重傷的神與龍多半都離開到另一個世界。此後，神明要對這個世界進行直接干涉就受到了限制。】

那是這個世界所傳承的神話。

畢竟神明能夠實際干涉這個世界，所以只要不是神明故意散布錯誤的訊息，神話大致上都會正確流傳下來。

【瓦拉希爾卡則是很精明、很巧妙地避開了最後那場全體決戰——然後進入沉眠。】

為了下一次的戰爭、掠奪做準備。

【龍的睡眠是很長的。而那傢伙每次醒來，就會加入戰爭。如果沒有戰事，牠便會自己煽動戰火。那傢伙不會挑選陣營，無論什麼神的陣營牠都會加入。而每次只要牠加入，神明的計畫就會被搗亂。

——就我所知，那傢伙最後一次參戰，是地獄的惡魔們引發的那場大亂。】

大崩壞。《大聯邦時代（Union age）》的結束。

【那傢伙與《上王》相遇，並加入了《上王》的陣營。哎呀，大概就是因為牠狡猾的智慧與庸俗的慾望吧。畢竟《上王》對於刀劍方面還姑且不說，但對於財寶則不是會執著的類型。

後來瓦拉希爾卡攻陷了《黑鐵之國》，卻受到嚴重的傷害。為了療傷，進入沉眠。結果就這樣被排除在戰局之外，又讓那傢伙巧妙逃過了……】

「請、請等一下！」

原本全身僵硬的祿，這時忽然發出慌張的聲音。

「傷害？您說邪龍受了嚴重的傷害？那我的祖先——」

【是啊，怎麼？你難道是山中矮人的子孫嗎？】

「是的！」

聽到祿的回答，大烏鴉笑了起來。

非常愉快地笑了起來。

【哈哈哈！這是何等巧合的因緣啊！好，《黑鐵之國》的後代子孫啊！就讓我不死神斯塔古內特將真實告訴你吧！黑鐵山脈的君主——奧魯梵格爾是個貨真價實的英雄！】

那樣子就像是小孩子把自己的寶物現給朋友看似的。聲音聽起來天真無邪。

【仔細聽清楚！然後感到驕傲吧！那把歷代相傳的名劍——《黎明呼喚者》(Call Dawn)可是奪去了神話時代就存在的邪龍一隻眼睛！】

聽到神明驕傲稱讚著自己祖先的聲音……

祿發抖的手緊緊握起拳頭。

「請、請問那是真的嗎……」

【沒錯，當然是真的。本神可以保證，那實在痛快至極，堪稱是偉大的英雄啊！】

「……嗚、啊啊……」

祿再也忍不住，從喉嚨發出了哽咽聲。

「太、太好了……太好了……」

身為不死神使者的大烏鴉則是一副欣慰地望著那樣的祿。

如果光看這樣一幕，實在不會覺得祂是什麼惡神。

——然而這尊神明正因為祂這份感性而產生出許多的不死族，是扭曲生死道理、帶來災禍的神明的事實依然不變。

【威廉，燈火的戰士啊。或許你總有一天甚至可以超越奧魯梵格爾立下的偉業，砍下瓦拉希爾卡的首級……但現在還不是那個時候。你應當避開戰事，潛伏起來，鍛鍊自己。】

祂這些話，是真摯在為我擔心。

【也許你很難贊同，但是——**即便因此出現犧牲者也一樣。**】

「…………」

我不禁思索著應該怎麼回應才好。

但就在下個瞬間……

「……！」

我忽然感到不寒而慄。

【看，龍的睡眠變淺了。】

玄室中迴盪起震動聲。

——隆隆隆隆隆隆隆隆隆隆隆隆隆……

大地在震盪。

可以聽到有如從地底深處傳來的低吼聲。

——隆隆隆隆隆隆隆隆隆隆隆……

彷彿靈魂會被緊緊握住般恐怖的聲響。

我的手不斷發抖。

……我對生物的吼叫聲感到恐懼，已經是多久以來的事情了？

——隆隆隆隆隆隆隆隆隆隆隆隆隆隆隆……

一段特別長的低吼聲響過後，震盪與吼聲都唐突結束。

【龍展現了牠的威嚴。對那傢伙而言，這或許只是準備清醒前的翻身程度而已，但是……你快點回領地去吧，將要爆發混亂了。】

不死神的使者烏鴉不太高興地如此說道。

——在鐵鏽的山脈，將會燃起災厄的黑火。

——烈焰擴散，恐會燒盡這塊土地的一切。

——龍會來的。

——龍要來了！龍要來了！瓦拉希爾卡！揮下災厄的鐮刀！

不祥的話語又再度閃過我的腦海。

「嗚哇啊啊啊啊——！」

祿的戰斧橫掃砍向一隻發狂衝撞的大蜥蜴的側臉。

被帶有重量感的戰斧一砍，當場骨碎肉綻。

【唔，從西北西方向又來四隻了。你要怎麼做？】

斯塔古內特的使者烏鴉在空中用刺耳的聲音叫著。

我並沒有回應祂，而是甩動投石索，命中從西北西的草叢中竄出的一隻大蜥蜴的頭部。

血紅的花朵當場綻開。

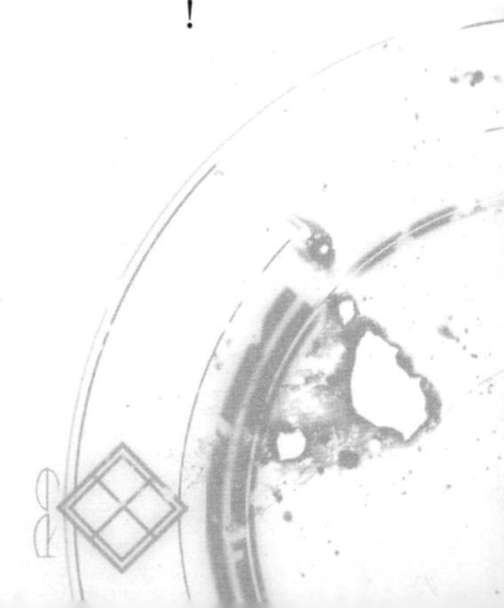

但我幾乎沒有多看牠一眼，並甩出下一顆石礫，擊中緊接著又竄出的兩隻大蜥蜴其中一隻的眉間。

就在另一隻接近眼前的時候，祿用盾牌擋下啃咬，然後用力一揮戰斧，從正面擊倒對手。

雖然初次上陣就變成了出乎預定的誇張狀況，然而祿的行動卻相當出色。

「哇！哇……！」

面對緊接在後的最後一隻大蜥蜴，祿就算慌張大叫也還是靠訓練成習慣的動作揮砍戰斧、擊倒敵人。

——即便如此，大蜥蜴直到最後都不斷在掙扎。

【理解了嗎？這就是《龍的咆哮(Dragon roar)》。】

使一切生物感到恐慌的王者威嚇。

古斯以前曾經說過，這就是討伐龍的時候之所以需要有極為傑出的英雄出面才行的理由。

確實，如果光是聽到吼叫聲就會引起這麼嚴重的恐慌狀態，就算聚集再多的雜兵也只會成為加速混亂的因素吧。

——那段龍的咆哮聲結束之後……

我們從泥土不斷剝落的玄室中脫逃出來，眼前便看到被龍的咆哮聲嚇壞而發狂失控的魔獸們。

不死神的使者烏鴉依然沒有離去，始終愉快地飛在我身邊。

甚至還會告訴我即將出現在我們面前的魔獸數量。

雖然這幫上我們很大的忙，但總覺得祂背後有某種意圖，讓我實在沒辦法坦率感到高興。這種感情究竟該怎麼形容才好……

【哦，西北方，更加麻煩的傢伙要來啦。】

地面開始有規律地震動。

啪嘰啪嘰地，樹木折斷的聲音傳來。

那不是四腳動物會發出的移動聲——

【是森林巨人(Forest giant)，就算是你應該也感到有些棘手吧。】

伴隨樹木被撕裂般恐怖的聲響，身穿毛皮、超過三公尺高的巨人現身了。

手握棍棒，口吐泡沫，明顯陷入了極度恐慌的狀態。

祿一看到那模樣，「嗚哇哇！」地嚇得往後翻倒。

【看來是在毫無警戒的狀態下承受了瓦拉希爾卡的咆哮聲。精神狀況不正常了。】

這下你要怎麼辦啊，英雄大人？使者烏鴉從空中如此低頭望向我。

紅色的眼睛看起來非常愉悅，實在教人火大。

森林巨人(Forest giant)居住在森林深處，雖然根據部落或個體會有性情上的不同，但在巨人之中算是個子比較小、基本上很溫和的種族。

【你要殺了他嗎？】

「怎麼可能。」

【那是要制止他？那樣的對手——你有辦法？】

「祢不知道嗎？」

在我腦中的布拉德大叫著。

「只要有經過徹底鍛鍊的肌肉所發揮的暴力，面對大致上的狀況都有辦法解決的！」

我丟下投石索，朝巨人衝了過去。

◇◆◇◆◇◆

「嗚喔喔喔喔喔喔喔喔喔喔喔喔喔喔喔喔喔！」

嘴角溢出泡沫的森林巨人（Forest giant）將棍棒朝我水平揮來。

那棍棒非常結實，看起來應該是用一整根樹幹直接削成的。

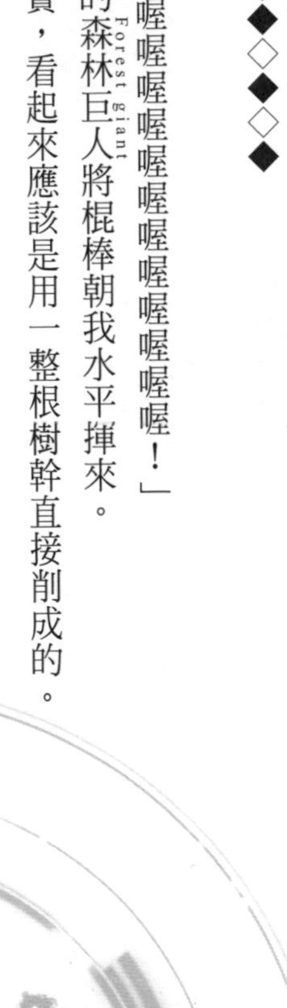

而我則是──

「……！」

站穩腳步，收緊胳膊，用雙手與左肩固定圓盾，正面擋下那根棍棒。

強烈的衝擊傳來。

我當場被往後推撞，深踩在地的雙腳在地面上刨出兩道軌跡。

然而……

「這、點、程度……！」

我還是頂了回去。

「──！」

即使是失去理智的森林巨人(Forest giant)，對異常的手感似乎還是驚訝了一下。

他趕緊把棍棒收回去，用意外靈巧的手臂接著朝我連續亂打。

我靠圓盾將全部的攻擊都擋了下來。

如果是普通的盾牌應該早就被衝擊力道擊碎了，但我這面盾牌在這兩年來已經刻上了好幾道《記號》。

才不會那麼輕易就被破壞。

我承受著強烈打擊的同時，慢慢縮短與巨人間的距離。

「嘎、啊啊啊啊啊啊啊啊！」

巨人終於忍不住用雙手握住棍棒，從正上方朝我揮下。

是活用了自己身高與體重的優勢，打正面使出的一記攻擊。

即便在發狂狀態下也能做出這樣的判斷，實在厲害。我這麼想的同時——

「很、好！」

把盾牌斜舉，將這記一如預測的攻擊往左邊架開。

到剛才為止明明都是正面擋下，這次卻忽然往旁邊架開。如此出乎預料的手感讓巨人當場失去了平衡。

我抓準這個時機，往前踏出一步，扭轉身體，纏住巨人粗壯的手臂。

然後順勢抓著對手……

「喝呀！」

拚全力旋轉自己的身體。

重心前傾的巨人實在無法撐住。

於是我手中傳來重物飄浮起來的有趣手感——的下個瞬間，大地強烈震盪。

「把、把巨人、摔出去了——？」

【……是啊，摔出去了。】

祿發出嚇呆的聲音，而不死神也回應附和。

但我沒有餘力理會他們，趕緊壓住被摔在地上的巨人身體，並且對燈火之神獻上禱告。

禱告的內容，是讓陷入混亂的對象恢復正常的《清醒的奇蹟(sanity)》。

我確實感受到神明的力量透過我傳入對方體內——

「嗚、嗚嗚、嗯……？」

原本發狂的森林巨人(Forest giant)眼神恢復正常了。

【……你還是老樣子，愛做些教人傻眼的事情啊。】

「有什麼好傻眼的？」

畢竟《清醒的奇蹟(sanity)》如果沒有直接觸碰對象，禱告的效果就會很低，因此面對陷入恐慌的巨人先生便需要一些步驟。

要完成這些步驟需要有力氣，而我剛好有那樣的力氣。僅此而已。

只要有經過徹底鍛鍊的肌肉所發揮的暴力，面對大致上的狀況都有辦法解決。

若能再加上一些技巧與魔法就更好了。

布拉德的教育基本上都是正確的。

「真的素，灰常抱歉……」

「不會不會。啊，請問回去的路沒問題嗎？」

「總會有辦法我想應該。」

「啊，『巨人語，我會講，一點點』。」

「哦哦，『那實在太好了！』」

真是一段非常雜燴的對話。

「呃～可是龍，『龍，會吼，很危險』喔……」

「啊～那素真滴很恐怖，『不過我還是必須回部落去。然後應該會移居到稍微比較安全的場所。』」

「啊，既然這樣，我叫威廉。你可以報上聖騎士（Paladin）威廉的名字。『如果，跟人，衝突，我的名字，威廉』。」

「威廉。聖騎士，威廉。『我知道了，威廉大人，感激不盡。』」

被我摔在地上，直接觸碰手部施展《清醒的奇蹟（sanity）》後，森林巨人（Forest giant）便恢復正常。

雖然是恢復了正常，但就在我們打算溝通的時候，卻發生一項重大問題。

我們彼此對於對方使用的語言都不太擅長。

雖然這個世界的日常語言都是從原始的《創造的話語》分支演變而來，算是遠親關係，但巨人語實在有點冷門，就連教我的古斯都不是記得很清楚。

因此我們現在就像這樣，參雜使用雙方的語言，勉強進行著對話。

「『我是約頓族的剛古』，偶，約頓滴剛古。威廉，『人類的勇者威廉啊。』」

剛古先生又大又粗糙的手掌和我的手掌相貼。這是巨人族的問候方式。有點像是大人和小孩在比手掌大小。

「『此恩不忘。若在森林中遇上什麼問題，就呼喚我一聲。』」

「要怎麼呼喚？」

「『你只要大叫「約頓的剛古啊，威廉來了」便行。樹木會傳達給我知道。』

不愧是被稱為「森林巨人（Forest giant）」的種族，他們似乎和靈精或妖精很親近的樣子。

剛古先生接著又對我們低頭行禮了好幾次之後，走回森林之中。

「…………我還是第一次見到巨人族。」

「我也是啊。真是嚇了一跳。」

「您明明就會講巨人語的說？」

「教我魔法的師父是個博學多聞的人物啦……」

正當我和祿如此交談的時候，使者烏鴉從上空飛了下來。

祂一副若無其事地打算停到我手臂上卻被我躲開，結果很靈巧地「嘖」了一下舌頭，降落到地面。

【見識到了吧。那便是連地獄的惡魔們都會畏懼的，古龍的威嚴。】

不死神的《使者（Herald）》用紅色的雙眼如此說道。

祂是在延續《災厄的鐮刀》發出吼聲之前的話題。

【現在這個時代，在這個地區，沒有能夠超越你的英雄。要是那傢伙醒來，再次尋求戰亂，也只有你能挺身奮戰。然而即便是你也不足以打倒牠。】

「所以就要我容忍犧牲嗎？該怎麼說，雖然是敵人，但我實在不覺得這是祢會講的話啊。」

聽到我這麼說，使者烏鴉頓時露出苦澀的表情……

【雖然我很討厭這種講法，但畢竟一千條性命難換一萬條性命。既然你存活下來可以拯救更多的人，我就只能這樣勸告你……若能辦到，其實我恨不得乾脆讓《木靈(Echo)》降臨，親自討伐掉那傢伙。但遺憾的是，多虧某人害我的力量徹底被削弱了啊。多虧某人。】

祂很露骨地如此挖苦我。

「其、其他神明們有在行動的跡象嗎？」

【那些神有那些神自己更加遠大而涵蓋性更廣的計畫。像我或葛雷斯菲爾這樣會對渺小存在的悲歡感到一喜一憂的神，真要講起來其實算是異類啊。】

「…………」

【這項提案對我來說也不是很愉快。但我認為這是根據現況最好的建議了——你就仔細考慮考慮吧，傳燈者，盡頭之地的騎士。】

如此告訴我後，使者烏鴉「唰」地張開翅膀——

【再會了。總有一天再相見吧。】

說著，便飛起來消失在白霧之中。

「…………」

「…………」

我露出一臉苦澀，祿則是帶著困惑的表情，目送祂離開。

「原來您很受不死之神的關注呢。」

「我認為應該要說是被盯上才對。」

雖然本人有向我道歉，但以前我消滅《木靈(Echo)》的時候，甚至有被對方宣告過殺害預告啊。

「……有種講法說，神明都希望得到英雄，得到能夠向人民傳達神意，在這世界代行其意志的人物。」

「聽說是那樣沒錯。」

「威爾大人是象徵燈火之神的英雄——也正因為如此……」

「不死神才會想要賣我人情吧。」

不是站在敵對立場，而是成為對我方有好處的存在。

透過這樣的方式漸漸緩和我的敵對情感，並且藉過去的恩義為盾，一點一滴、

一點一滴攻破我的心防。

我腦海中一瞬間浮現出自己成為一名不死騎士的模樣，趕緊搖搖頭甩開那樣不祥的想像。

——不死神斯塔古內特真的很通曉於心理攻防上的微妙之處。

「……請問接下來您怎麼打算？」

祿一臉不安地如此向我問道。

「不死神說，即便是威爾大人……呃、也打不贏、龍……」

「是啊……」

對於他的詢問……

「到底該怎麼辦才好呢？」

我給不出一個好的回答。

——龍的咆哮，讓森林的生物們陷入了狂亂。

從各地皆傳來被害報告，讓趕回城鎮的我緊接著又忙於處理對應。

派遣冒險者或神官們前往各處，並與《白帆之都(White Sails)》頻繁通信聯絡……

「…………」

如今這些工作都稍告一段落，我人在《燈火河港（Torch Port）》。

現在龍的低吼聲依然斷斷續續地持續著。

伴隨那樣的咆哮，雖然沒有像初次那樣狂亂，但因為各種生物遷移棲息區域而不斷爆發著各種衝突。

當然，對人類社會的傷害也漸漸傳出。

街道上的行人與車馬都減少數量，船隻的往來最近也顯得寂寥。

大家對於住在《鐵鏽山脈（Rust Mountains）》的邪龍——發出低吼聲的存在是龍的傳聞以驚人的速度傳開了——都感到非常恐懼。

所謂的龍，就是如此可怕的威脅。

要是牠醒來，光是隨興飛來一趟，就不只是《燈火河港（Torch Port）》搞不好連《白帆之都（White Sails）》都會遭到毀滅。

人生在世上遲早要面臨死亡。

但如果聽到象徵自己死亡的存在發出吼叫聲，又有多少人能夠保持平靜？

「…………」

我現在人在連遮陽窗都緊閉的昏暗辦公室內，透過魔法燈光讀著神殿寄來的信件。

是巴格利神殿長回我的信。

當中關於邪龍的情報，佐證了不死神告訴過我的內容。

《災厄的鐮刀》瓦拉希爾卡。

從神話時代就存在至今的，真正的古龍（elder dragon）。

其利爪可撕裂鋼鐵，其鱗片可折斷英雄之劍。

另外有如反映出其性情般，會吐出帶有邪毒與狂熱的龍息（breath）。

——邪毒與狂熱。

那性質，我想忘也忘不掉。

正是我兩年前遭遇到的異常飛龍（Wyvern）與奇美拉所帶有的性質。

來自地獄的惡魔們透過邪惡研究所創造出的那些存在。

惡魔們恐怕是利用沉眠中的邪龍所溢出的龍息（breath）——混合到魔獸體內，並研究出馴服的方法。

毫無疑問地，在邪龍身邊肯定會有高等的惡魔。巴格利神殿長在信中如此警告。

尚不成器的你想必無法對付。

選擇逃跑並不可恥。神殿長不斷如此向我勸說。

「……選擇逃跑並不可恥，是嗎。」

那是他認為我會前往討伐才寫下的勸告。

為什麼神殿長會如此認為呢？

在他眼中究竟是怎麼看我的？

──明明我自己現在還感到猶豫不決的說。

接下來龍想必會清醒過來。

既然不死神和《柊木之王》都那樣說，那麼想必會出現犧牲者。

醒來的龍恐怕首先會帶著娛樂心態襲擊附近的村落，造成人民死亡。

然後事情不會那麼簡單就結束。

在不知道龍何時會來襲的地區，通商物流自然不可能活躍順暢。

物資運送因此停滯，車馬船隻不再往來，魔獸們將再度霸道橫行於人類的生活領域。

靠物流支撐的工商業會陸續破產，產生大量失業人口。

無飯可吃的人會染手犯罪，使治安惡化。行政機關無力管控，威權掃地。

比起龍爪下的犧牲者，恐怕會有更多的人民被龍一時興起所造成的餘波吞沒而死。

一塊地區，一個社會，將僅僅因為一隻龍而破滅。

那是對我而言無法容忍的事態。

我必須做出行動才行。

而且等到龍有所動作之後才行動就太遲了。

一旦有直接受害的犧牲者傳出，所造成的波及影響便無從阻止。

因此要在龍牙撕裂人民之前解決問題才行。

然而，我卻至今依然無法下定決心採取行動。

似乎有人開始在謠傳，說聖騎士(Paladin)膽怯了。

而我也無法完全反駁那是胡說八道。

——【汝將帶著燈火的庇佑挑戰龍——但力量不及，落敗而死。】

不死神說過的話，不帶有說謊騙人的感覺。

啟示是真實的。

我贏不過對手。

靠我現在的力量，是贏不過對手的。

……自從產生這樣的自覺之後，我就變得難以邁步往前了。

不知不覺間，我禱告似地交握起雙手。

我不知道究竟該怎麼做才好。

於是我抱著求助的心情，向燈火之神獻上禱告。

然而，我卻感受不到任何回應。

……神什麼也沒有回答我。

那也是當然的。

神明既不是什麼便利的交易對象，也不是什麼親密的友人。

但我現在還是希望能聽到神的聲音。

希望祂告訴我還有通往勝利的路可走。

或是命令我就算不能贏也要挺身戰鬥，展現正義。

只要神這麼說，只要能聽到神這麼說，我肯定就能投身戰鬥啊。

「嗚……」

哽咽聲不禁溢出。

前世的記憶飛快地閃過我的腦海。

昏暗的房間。

◇◆◇◆◇◆

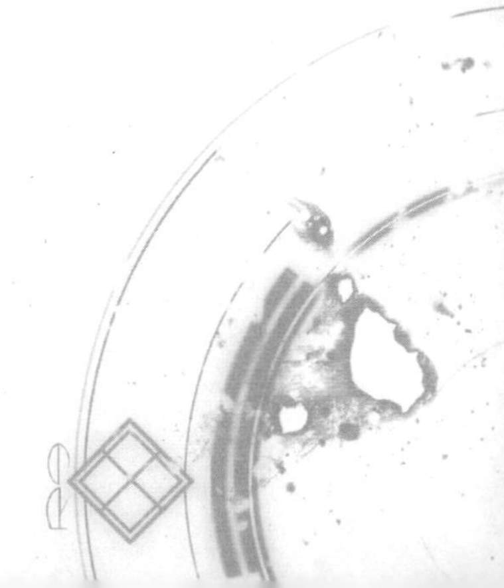

螢幕的亮光。
裹足不前的自己。
時間在無所作為中流逝。
時間在無所作為中流逝。
燃燒胸口的焦躁感。
時間在無所作為中流逝。
發出呻吟。
流出淚水。
即便如此，時間依然在無所作為中流逝。
裹足不前。
裹足不前。
好幾次想要擠出勇氣，卻依然裹足不前。
踏不出腳步，沉浸在維持現狀的安穩中。
然後迎接緩緩逼近的破滅——
「嗚嗚……」
和那時候相比，我究竟改變了多少？
不同的世界。

不同的環境。

經過鍛鍊的身體。

神奇的魔法力量。

神賜予的奇蹟。

獲得、學到了各種有如故事中英雄般的能力。

一直以來都讓自己表現得有模有樣，然後——

——然後，我究竟有了什麼改變？

變強了，能辦到的事情多了，所以又如何？

遇到挫折時，我有變得能勇敢面對嗎？

遇到絕望時，我有變得能解決問題嗎？

……到頭來，我的本性還不是像前世一樣，沒有出息嗎？

在我心底深處。

從渾黑泥水中，傳來混濁的聲音。

……打贏自己絕對能贏的對手，很痛快吧？

被人稱讚為英雄，又表現出一副謙遜的態度，但內心肯定很爽吧？

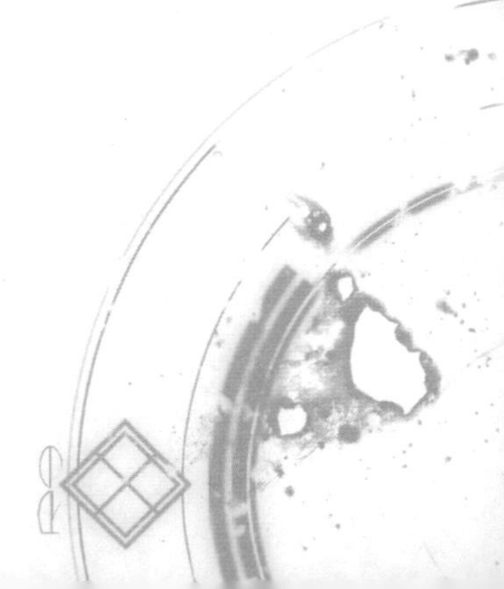

如果是在這個世界，自己就能成為一個成功的人物。你真的絲毫都沒有起過這樣的念頭嗎？

在呵護疼惜中被養大。

獲得驚人的力量。

成為夥伴們的中心人物。

受人尊敬，受人愛戴。

肯定很愉快對吧？

——可是，只要遇上自己打不贏的對手，就是這副德行。

從心底深處的黑泥中，咕嚕咕嚕地冒出聲音。

在黑泥深處，是前世的我。

我在笑。

彷彿在對我說：你自己也很明白吧？

——因為我就是你，你就是我。

我忍不住緊按自己的胸口。

我知道。

我自己也非常清楚。

我明白這單純只是自己的懦弱。

就好像以前被瑪利斥責的時候一樣，是我本身自卑的一面。

然而，會斥責激勵我的母親，如今已不在。

已經不在了。

我必須自己振作起來才行。

——但是……

要靠自己的雙腳站起來，究竟該怎麼做才好？

上輩子的我，一直都倒在地上。

這輩子如果沒有瑪利，我恐怕也會倒地不起。

到底該怎麼樣才能站起來？我不知道。

思緒不斷在兜圈子。

即使明白自己陷入了很糟糕的狀態，卻依然不曉得該如何是好。

……不知思考了多久的時間。

敲門聲忽然傳來，讓我抬起了頭。

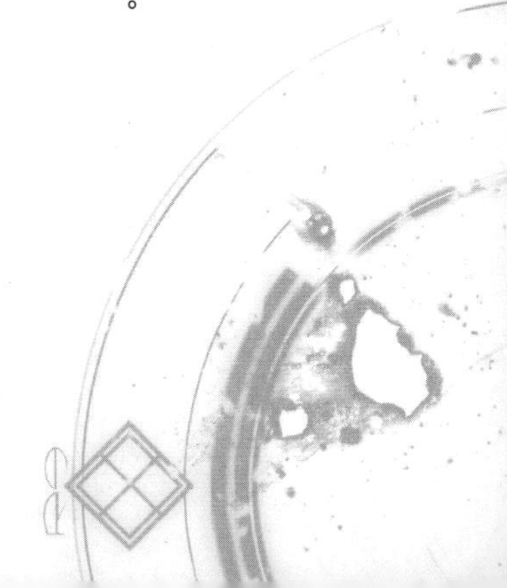

「我要進去啦。」

梅尼爾毫不客氣地打開門，走進房內。

他接著對昏暗的房間皺了一下眉頭，並小聲呼喚光的妖精，照亮室內。

「你又在苦惱了是吧。」

「……嗯。」

聽到我如此回應，梅尼爾頓時嘆一口氣。

「所以你才沒注意到啊……看看外面，事情變得有點麻煩啦。」

「……？」

被他這麼一說，我才發現屋外有點騷動。

於是我稍微打開遮陽窗，窺探窗外。

——有一大群矮人族，就聚集在官邸前面。

「讓咱們聽聽聖騎士(Paladin)大人的想法！」

「究竟有沒有前往討伐龍的打算！」

人群中有古蘭迪爾先生。

有葛魯雷茲先生。

還有其他我曾見過的人物，全都是高齡的矮人族。

他們手握粗糙的武器，紛紛大叫著。

「大家問那種事情又想怎麼樣啊！」

出面應對那群矮人的，是祿。

只有他一個人，面對眾多的矮人。

──他已經沒有像以前那樣畏怯發抖了。

「若聖騎士（Paladin）大人打算前往討伐，咱們願意隨行！」

「但若是聖騎士（Paladin）大人被恐懼的妖精附身，咱們就自己上山去！」

「從前沒能殺掉龍，是咱們矮人族的過失！」

「矮人們必須流血！」

「用鮮血洗刷過去的不名譽！」

眾人嚷嚷大吼著。

「別這樣！你們想死嗎！」

祿立刻大聲制止。

「龍是強敵！聖騎士（Paladin）大人正在思索對策，大家別來打擾吧！」

面對張開雙臂如此大叫的祿──

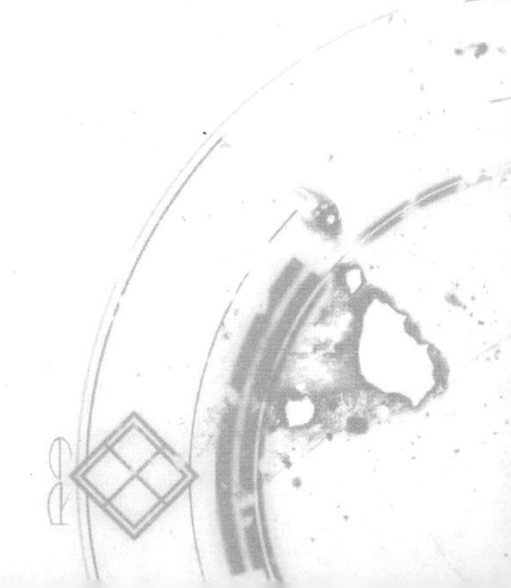

「咱們是不曉得你收到什麼命令，但請你別跟咱們拖延時間吧！」

「我才沒有收到什麼命令！我是要你們別自暴自棄啊！」

「什麼叫自暴自棄！」

「就算大家一起上，也無法傷到龍一枚鱗片的！」

「你說什麼——！」

咱們只是要聽聽想法！讓咱們過去！一名矮人如此大吼著，逼近祿面前——

「我就叫各位別這樣啊！」

霎時，祿把伸手抓向自己的矮人摔了出去。

他甩開抓向自己的手，順勢扛起對方，將對方的背部重重摔在地上。

作勢要衝進官邸的矮人們見到祿那樣漂亮的一摔，頓時騷動起來。

「大家——大家已經老到連我都贏不過的程度了！別這樣！我一點都不希望看到大家白白犧牲性命啊！」

聽到祿挺直背脊、凜然大叫的聲音，眾人當場沉默——

接著，古蘭迪爾先生走出來，緩緩開口：

「公子……」

「古蘭迪爾。」

雙方視線互望。

「公子，剛才這記實在了得……很高興您已有如此成長。但是、但是正因為如此，咱們、咱們……」

古蘭迪爾先生的臉扭曲起來。

「咱們希望、能得一死啊……」

他努力擠出聲音。

「咱們本來、是希望能夠跟隨吾等君王、一同死於那一日，在山中的戰役。」

「…………」

「但那一天，咱們不得戰死的允許。苟延了兩白年……捨棄驕傲……落魄流浪的兩白年，實在太漫長了……」

祿始終無言地傾聽著對方的聲音。

「已經夠了……已經夠了……十足了，自己已經做得十足了，已經夠了……咱們抱著這樣的想法一直苟活下來，苟活下來——如今總算知道，那隻可恨的龍原來還活著！

咱們從那一日來不斷渴求，渴求戰鬥與死亡，究竟有什麼不對！」

古蘭迪爾先生大吼著，一把抓向祿。

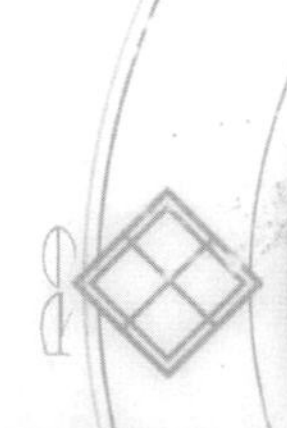

被抓住的祿也緊緊回抓對方。

「請讓咱們過去──聽聽聖騎士(Paladin)大人的意向！」

「不得通過！」

古蘭迪爾先生老當益壯的身體頓時被甩起來，重重摔到地上。

那就像是什麼開始信號般，老矮人們紛紛衝向祿。

祿則是將他們一個接一個擊敗、投摔、制伏。

吶喊與呻吟交錯的亂鬥持續了幾分鐘──最後只剩祿還站在那裡。

「古蘭迪爾，你問我究竟有什麼不對是吧？」

祿站挺身子，對庭院中又倒、又趴、又呻吟的眾人說道：

「大家現在心中都只想著尋死，根本沒考慮要獲勝。

那樣不行。那樣是不行的啊。

……驕傲的山之戰士要捨棄性命，只能在為了勝利的時候。」

他的眼神堅定率直。

他的聲音充滿溫柔。

「教導我這件事的，不就是大家嗎？」

──他們隨時都在思考一件事情。

──就是值得讓自己賭上性命戰鬥的理由究竟是什麼。

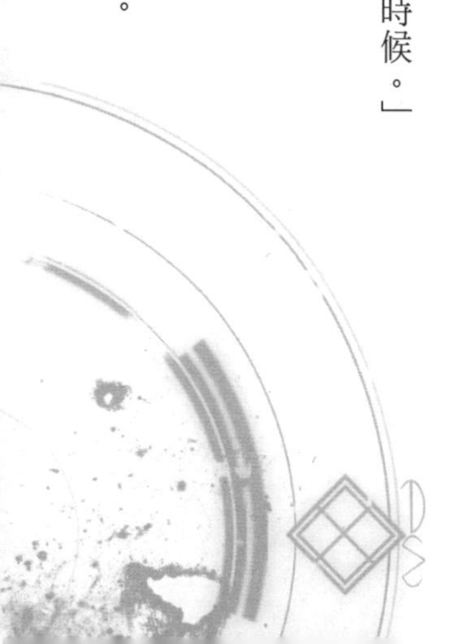

布拉德說過的話湧上我腦海。

「沒關係，大家別擔心。我在此和大家約定好。」

——然後當找到那個理由時……

「聖騎士(Paladin)大人必定會做出決斷。到時我必定會同行，贏回屬於矮人族的名譽！」

——他們便會燃燒自己的靈魂，帶著勇氣的烈焰挺身戰鬥，絕不恐懼死亡。

「向《黑鐵之國》最後的君主——奧魯梵格爾之名發誓！本人溫道祿夫身為其孫，必會奪回祖先的山脈！」

祿的大叫聲不只震撼了矮人們，也震撼了我。

……我感到心臟用力跳動了一下。

從胸口內側溢出一股熱量。

對了。祿就是這樣的人物啊。

以前在酒館相遇的時候也是，大聲主張自己要成為從者的時候也是。

他一直以來都是個有勇氣的人物。

——而我也發誓過，要用我這雙手守護他獻給我的『誠心』。

「……那傢伙，還真帥氣啊。」

「嗯。」

「我們也不能輸。」

「嗯。」

對梅尼爾的呢喃，我點頭同意。

「喂，你還記得嗎？」

「記得什麼？」

「你的誓言啊。」

被他這麼一說，我微微露出苦笑。

「抱歉，我差點忘記了。」

「哈！我就知道。」

——就讓我把自己的生涯都奉獻給祢。

——成為祢的劍討伐邪惡，成為祢的手拯救不幸。

「究竟怎麼做有利有弊，自己能否獲勝，這些事情你雖然每次都姑且會計算一下，但最後都會拋諸考慮之外吧？」

如果要考慮得失，我打從一開始就不需要插手管《獸之森林(Beast Woods)》的事情，隨便到其他地方去便行了。

「你一直以來，**總是認為自己應該這麼做，所以這麼做的。**」

所以這次也那樣就好啦。梅尼爾笑著如此說道。

我也用笑臉回應。

其實根本不需要去思考該怎麼振作起來，該怎麼鼓起勇氣。

只要為了想要守護的人，為了自己相信的東西行動。

——在拚命往前邁出步伐的過程中，勇氣自然就會隨後湧上了。

一旦下定決心，接著的事情就快得多了。

我和跟在後面的梅尼爾一起走向玄關。

我想我和梅尼爾臉上肯定都在笑吧。

推開大門後——

「我將前往討伐邪龍！」

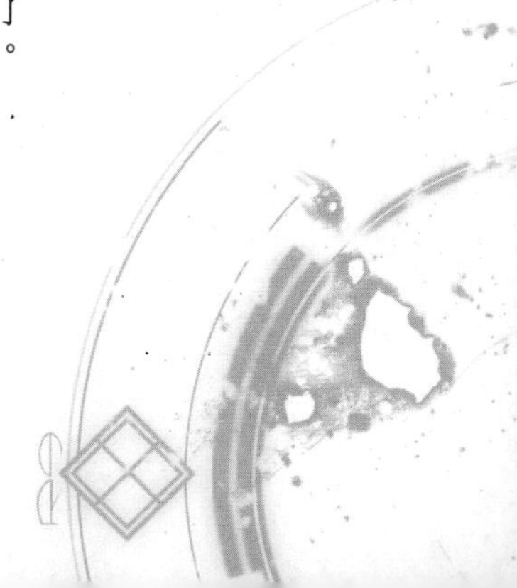

我在祿與摔在地上滿身塵土的矮人們面前如此宣告。

大家都露出驚訝的表情，停下了動作。

我接著端正姿勢與表情，再度宣告：

「我決定將要去討伐邪龍。祿。溫道祿夫。你說要奪回祖先山脈的誓言，實在出色——你願意隨我同行嗎？」

聽到我這麼說，祿大大睜開眼睛——

然後淡褐色的眼眸閃耀出光彩，對我笑了。

「我深信您肯定會這樣對我說的——我非常樂意！」

梅尼爾聳聳肩膀。

「那樣輕易就答應，真的沒關係嗎？」

「梅尼爾多大人才是，你明明無論如何都絕對會跟著一起去的，還裝模作樣！」

「哦，真敢講啊。」

梅尼爾笑著點點頭。

「畢竟對手可是龍，人湊得再多也沒有意義。而且防禦各地村落也需要人手，不能分出太多戰力。所以這次成員就是我、你、威爾以及——知道兩百年前的山中狀況，可以幫忙帶路的人。」

「那麼老子……」

「不，讓在下去吧。」

古蘭迪爾先生想要自薦，卻被臉上留疤的矮人——葛魯雷茲先生制止並自願加入。

「喂，葛魯雷茲。」

「此事不可交給一個只想尋死的傢伙。而且你還有統領同胞們的任務在身啊。」

「…………」

仔細一瞧，葛魯雷茲先生的衣服並沒有被弄髒。

看來他並沒有被剛才瘋狂的喧鬧氣氛吞沒，也沒有對祿挑戰的樣子。

「讓在下負責帶路吧。」

「就麻煩你了。」

有腦袋冷靜的人隨行是很好的一件事。

就這樣，成員決定是我、梅尼爾、祿、葛魯雷茲先生以及——

「還有就是我啦。上路的準備我已經做好了。」

從屋子的陰影中，雷斯托夫先生現身如此說道。

他還是老樣子，不放過與強敵交手的機會啊。我忍不住笑了出來。

「非常歡迎你——成員就這麼決定了。」

「五個大男人一起去找惡魔和邪龍打架是吧？」

感覺會是一趟充滿男人臭的旅行啊。梅尼爾笑著說道。

「有勝算嗎？」

「沒有。」

我斬釘截鐵地回答。

這段猶豫不決的日子中，我也不是無所作為地白白在浪費時間。

我有檢查過手中擁有的魔法道具，翻閱過魔法書籍，或是回想起以前和布拉德的鍛鍊並活動自己身體，思考過各式各樣的手段。

經過這番思考後，我才不得不得出這種結論的。

「沒有任何手段可以確實把龍殺死。」

事情並沒有天真到靠奇策或特殊道具之類的方法就能對付的程度。

——正因如此，龍才堪稱是龍。

然而，這同時也是這個世界的現實。

這可不是什麼有等級或血量設定的電腦遊戲。要是運氣不好，就有可能被實力比自己弱的對象輕易殺掉。相對地要是夠幸運，也有殺掉實力比自己強的對手的可能性。

不管怎麼說，既然活著帶有肉身，只要被砍斷脖子、擊爛頭部、貫穿心臟，就算是龍還是會死的。

無論不死神怎麼說，無論可能性有多低，也絕不會連一點獲勝的可能性都沒有才對。

當然……

「這是一場非常劣勢的戰鬥——你們還是願意跟我來嗎？」

我轉頭環視大家的臉。

「是！」

首先，祿第一個點頭回應。

他的眼神清澈光亮而毫無猶豫。

「名譽與榮耀在等著。」

「既然是戰士自然求之不得。」

雷斯托夫先生與葛魯雷茲先生都態度冷靜地如此說道。

不愧是身經百戰的戰士們。

「我早就已經習慣陪你亂來啦。」

梅尼爾則是聳聳肩膀，對這件事做出結論。

於是我再次宣告：

「——走吧。讓我們去討伐龍，奪回山脈！」

聽聞騷動而聚集過來的居民們以及矮人們都當場大聲歡呼。

當下定決心開始行動之後，偶爾會遇上意想不到的幸運降臨。

像這次也是一樣。

在出發之前，我寫了信給王弟殿下與神殿長說明各種狀況，並託付後事。

接著正當我在庭院檢查裝備時，忽然有一團紅色的影子以驚人的速度朝我衝來。

我趕緊抱住接下後，順勢牽住對方的手轉起圈子。

「哇哈～！」

對方發出開朗的笑聲。

真是讓人懷念的聲音。

「嘿嘿～我來囉～！」

「碧，好久不見！」

如樹葉般微尖的耳朵，一頭紅色的捲髮。

正是活潑的半身族流浪詩人——羅碧娜・古德費洛。

「這幾個月都沒見到妳啊。這次是跑到哪裡去了？」

「哼哼～我到北方的《草原大陸（Grass land）》，從法泰爾王國沿海到西邊的諸王國邦聯繞了一圈回來喔！」

「好厲害！」

那些地方我幾乎只有透過書本或傳聞描述知道而已。

和總是為了這塊不安定的地區忙得暈頭轉向，到現在連北方大陸都還沒去過的我相比起來，碧的行動範圍完全不同啊。

「北方的天氣涼爽嗎？」

「嗯——等等，現在更重要的是！」

「更重要的是？」

「龍叫了對不對！你要去討伐對吧！」

「嗯，我們準備要去討伐了。」

「那就按照之前的約定，我可以把它寫成詩歌吧？」

「當然沒問題。」

「呀呵～！」

碧當場興奮起來，抓著我的手開始跳舞。

我只能被她拉著在庭院中轉來轉去。

「居然能有機會創作新的屠龍敘事詩，這可是吟遊詩人們的夢想呢。」

碧笑了。

「我會從前傳就開始幫你們宣傳喔……這有必要吧？」

她的笑容看起來很成熟。

「嗯，那非常必要。謝謝妳。」

光是對外宣傳我們已動身前往討伐龍，就能達到安定人心的效果。

為了達到這個目的，這個時代的傳播媒體——也就是詩歌的力量是不可或缺的。

「不用客氣啦……不過，我不喜歡悲劇收場喔？」

碧抬起眼睛對我這麼說，於是我點頭回應。

「我會努力不要變成那樣。」

「嗯，加油喔。畢竟……最近的聽眾對悲劇都不怎麼捧場呀！」

「原來是考慮到聽眾的問題嗎！」

就在我們互相嬉鬧，兩人哈哈大笑的時候，托尼奧先生才遲遲跑來。

「碧，妳跑得太快了。請別丟下我啊。」

「啊哈，抱歉抱歉！」

「威爾先生——食糧、旅行用品、登山裝備以及其他應該會有需要的物資，我全部都幫你們打點好了。」

不愧是托尼奧先生，動作真快。

或者說，未免快過頭了。

明明我們剛剛才決定成行的——

「……請問你是不是事先就預測我會去討伐了？」

「是的。不過我本來還很擔心會趕不上你們出發，不知道你們何時會忽然動身啟程……」

畢竟威爾先生每次決定要戰鬥之後動作都很迅速啊。托尼奧先生笑著如此說道。

「我是不曉得您這次是因為猶豫還是在靜待良機，總之能趕上真是太好了。」

「我在詩歌中就寫你是靜待良機吧！那樣比較帥氣嘛！」

「就是因為妳老是那樣加油添醋，『威廉卿』才會漸漸變成鬼謀神算的大塊頭壯漢啦！」

上次我在《白帆之都(White Sails)》偶然聽到碧以外的詩人唱的歌，內容甚至描述威廉卿是個『直衝天際般的彪形大漢』，擁有『蘊含深邃智慧的賢者之眼』。

多多少少的潤飾我覺得是無可厚非，但是在我本人也會經常往來的地區未免誇飾得太過頭了吧。

「……我也是會猶豫的啊。畢竟我不想死，也不喜歡受痛。」

「但你還是要去對吧？」

「嗯。畢竟這是我向神明立下過很重要的誓言。」

聽到我這麼說，碧露出柔和的笑臉。

「呵呵，這句臺詞，我就寫到詩歌中囉——信奉神明的虔誠戰士，燈火的勇者呀，願幸運的順風為你吹拂！」

她說著，撥響雷貝克琴。

托尼奧先生則是一如往常地對我露出溫和的微笑。

「威爾先生，我不會要您別勉強亂來什麼的，畢竟現在就是需要稍微亂來的時候……若您有其他需要的物資，請儘管跟我說。」

我對他的這番好意心存感激，並稍微想了一下後——

「那麼有一件相當大的東西，我想拜託你幫我準備。」

我決定將事前想到的一個策略付諸實行。

就在動身啟程的前一天晚上。

我睡著之後，不知不覺間發現自己來到一片磷光飛舞的星空下。

腳下有如一面映照出星空的黑暗水面，不過在水面上另外也映著一盞朦朧的燈火。

就在我的身後。

於是我轉過去，便看到一個人影手中握著像長柄提燈的燈火。

那人身穿長袍，兜帽蓋過眼睛。

我已經知道那是誰了。

「……好久不見，燈火之神大人。」

我就像從前那樣，微微低頭鞠躬。

【…………】

神卻沒有對我回應什麼話。

沉默地佇立了一段時間後——

【……獲勝的可能性極低。】

祂總算開口對我如此說道。

【不死神斯塔古內特說得沒錯。你現在的能力還不及龍……但是再磨練個幾年，或許就能到達那個境界。】

「請問到時候南邊境大陸會如何？」

【……人類的生活圈將幾乎消滅，餘波可能也會影響到北方的大陸。】

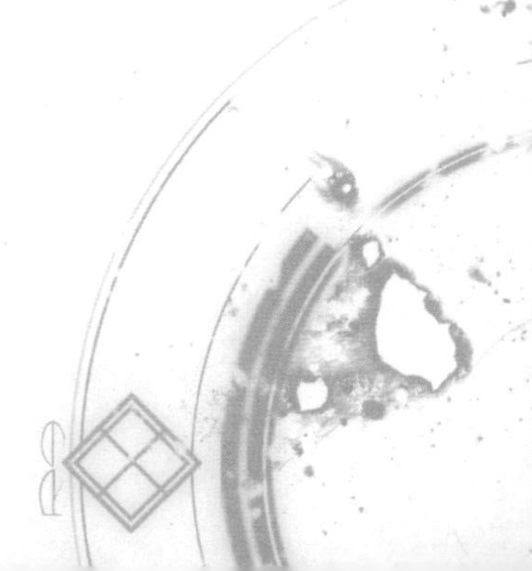

「果然如此。」

【……你依然要去是吧。】

我點頭回應後，再度對神深深鞠躬。

「非常感謝祢，告訴我逃跑也是沒有關係的。」

聽到我這麼說，教人驚訝地，從神的兜帽底下傳來微微動搖的氣息。

神就像在思考該說什麼似地陷入沉默。

……只要祂下達命令，無論我內心怎麼想，我肯定都會前往討伐龍吧。

畢竟這神明對我就是有如此大的恩情。

然而在我猶豫的那段期間，神卻不回應我的禱告，不給予我任何啟示——簡單講就是要向我表達那樣的意思。

【吾……吾不願見到汝死。】

祂那樣溫柔的發言，讓我不禁揚起嘴角。

「很榮幸聽到祢這樣說。謝謝祢。」

【即便如此，你還是要去嗎……為了履行對我的誓言。】

「是的。」

【那麼，我不會說你那樣的行動違背我的意旨。】

從兜帽底下傳來微笑的氣息。

【畢竟那日的誓言，是屬於你我的東西。】

——懇請祢與我同行。

我那天確實這麼說過。

讓我把自己的生涯都奉獻給祢。

成為祢的劍討伐邪惡，成為祢的手拯救不幸。

我確實這樣發誓過。

【跪下吧。】

聽到這句話，我立刻跪下身子，垂下頭。

對方放下兜帽的聲音傳來。

我感受到祂走過來的氣息。

【威廉，吾在此對汝下令。】

白皙的小手輕輕放到我頭上。

【毋須恐懼，吾將與汝同在。

毋須退縮，吾乃汝之神明。

吾將使汝強大，予汝協助。吾之燈火，將守護汝。】

神的《話語》。

蘊藏其中的情感。

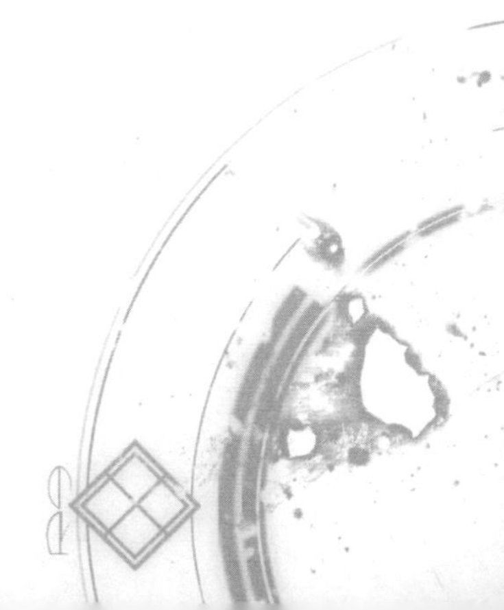

緩緩注入、擴散至我全身。

【去吧，吾之騎士。討伐龍，履行汝之誓言。】

我保持跪姿，抬頭仰望少女神溫和微笑的尊容。

接著把手放到左胸，立下誓言。

「——謹向燈火立誓。」

醒來後，我感受到溫暖的活力遍布全身，緩緩在我的體內循環。

神賜予我的話語和情感，在我體內點亮了一盞燈火。

隨後，我們做好準備——在民眾們盛大的歡送中登上船隻，離開城鎮順流而下。

為了討伐龍，為了履行誓言。

——接著在當晚，我們**下船**了。

很乾脆地，就在城鎮近處的河邊岩岸，較不顯眼的陰影處。

「那麼，接下來就交給咱們吧。」

身為其他幾人的代表，拍胸脯向我如此說道的，是一名身穿閃亮亮的鋼鐵護胸，腰上插有鮮豔紅色劍鞘的人物。

手臂粗壯，臉頰紅潤，年約三十上下的冒險者。

就是兩年前在酒館被雷斯托夫先生稱為《紙老虎（bluffer）》的那個人。

他的名字我後來才知道，叫馬克思先生。

「好的，就請你們按照事前講好的那樣做。」

「了解。」

馬克思先生點點頭，咧嘴一笑。

「感謝你每次都找這樣賺錢的活給咱們幹啊。」

「請別客氣。」

「今後也請多關照啦。」

他接著又拍拍雷斯托夫先生的肩膀說了一句「好好幹吧」之後，便跟著夥伴們乘船往下游去了。

我和雷斯托夫先生都靜靜目送他們離開。

然後轉頭準備出發時，卻看到祿張大嘴巴，連葛魯雷茲先生也露出有點狐疑的表情。

梅尼爾雖然表現得沒有那麼明顯，但也是一臉有話想問的樣子。

「呃……請問我們為什麼要在這種地方下船？如果稍微再拉近一點距離我還可以理解──」

對於祿的提問，我「嗯」地點了一下頭。

的確，如果要順河而下，穿過森林前往西邊的山脈，照他那樣說是沒錯的。可是──

「惡魔們也知道我們會那樣做啊。」

祿頓時「啊」了一聲，葛魯雷茲先生也總算理解地點點頭。

沒錯。在山脈除了剛醒來還昏昏沉沉的邪龍之外，還有一群擁有智慧的地獄惡魔。

──要是我們貿然採取對方能夠預測到的行動，主導權就會被敵人掌握。

「畢竟我們是在那樣盛大的歡送中乘船而下，我想現在低等惡魔或使魔們應該差不多開始從遠方監視了吧。為了要抓出我們的上岸地點。然後指揮官級的惡魔會藉此預測我們將會通過的路徑，早早安排埋伏圍剿我們。」

惡魔和邪龍之間現在是什麼關係，我並不清楚。

甚至連他們究竟是互相合作、毫不關心或者彼此敵對都不知道。

那麼對於前來攻擊基地的我們，「惡魔們會選擇完全交給邪龍對付，自己做壁上觀」這樣的預測未免太過於樂觀，應該排除。

至少應該考慮到他們會各自發動攻擊，或者最壞的狀況是會聯手迎擊我們，這樣想比較妥當。

……猶豫不決的那段期間，就跟我有確認過手中裝備與各種情報一樣，我當然也有思考過攻略山脈的戰術。

「正因為如此——」

我走向河邊岩石的後方陰影處。跟在我身後的祿頓時睜大了眼睛。

在那裡是托尼奧先生祕密幫我準備的、外型細長的河船。

這次較理想的戰術是靠奇襲，但畢竟鐵鏽山脈(Rust Mountains)是我們未曾到過的地方，無法使用妖精的小路。

因此我選擇的方法就是這個。

「**我們逆流而上。**」

《鐵鏽山脈(Rust Mountains)》過去被稱為《黑鐵山脈》，建有繁榮的矮人族國家。

以這個時代的技術水準來講，大都市只會成立在大規模的水源旁邊。

那麼想當然，在山脈附近應該會有巨大的水流通過才對。

我分析過附近一帶的地理情報，也向矮人們確認過，就是這條大河的分支。

這條河在更上游的地方分支，有一條往西的支流。

所以我們就逆流而上，到上游的分歧點再沿支流而下——

從山脈的另一側入侵。

「趁惡魔們顧著防守正門的時候，我們從後門闖進去大鬧一場。」

就是為了這個目的，我才會拜託馬克思先生他們當替身。

他們接下來會分批下船又出航好幾次，反覆故弄玄虛的行動一直到《白帆之都》(White Sails)，擾亂惡魔們的注意力。

……正是《紙老虎》(bluffer)最擅長的伎倆。

順道一提，變裝方面是由碧監督的。她強烈主張「必須像個騎士有身經百戰的感覺！啊，帥氣是可以，但輕浮就不行囉！還有看起來很虛弱的也不行！」而且做得很徹底。也多虧如此，讓馬克思先生他們看起來一如詩歌中給人的印象，有「聖騎士大人一行人」(Paladin)的感覺。

另外除了我支付他們非常充足的報酬以外，碧也宣言這次作戰成功之後，會將他們的事情寫進我的屠龍傳奇，讓《影子騎士們》也在詩歌中有活躍的場面。這使得參加作戰的冒險者們各個士氣高昂，而且成員們至少都有遭遇下等惡魔襲擊時能夠對應的實力，想必可以順利完成任務。

接下來就看我們能否趁惡魔們的注意力被他們的佯攻作戰吸引過去的時候，順利從別條路徑偷襲山脈背面了——正當我這樣想的時候，忽然發現祿似乎有什麼話想講的樣子。

梅尼爾則是輕輕拍了兩下祿的肩膀。

「你別太在意。這傢伙有時候就是會一臉若無其事地幹出這種手段啦。」

「……我、我是知道您智勇兼備，但沒想到連軍事才能都如此優秀啊。」

「也不是那麼大不了的事情啦……」

祿立刻對我搖搖頭。

「說到《燈火河港(Torch Port)》的更南邊，就是從前討伐了那個《上王》的湖岸都市也存在的危險區域！我聽說那地方瀰漫的魔法濃霧連老練的冒險者也不敢挑戰！而您現在卻故意選擇突破那塊區域，實在是非常聰明又有勇氣的點子啊！」

聽到祿這麼說……

我頓時一副「這該怎麼說呢」地不知該如何反應，抓抓臉頰後說道：

「…………呃、其實，那裡是我老家啦。」

在場所有人都瞪大眼睛。

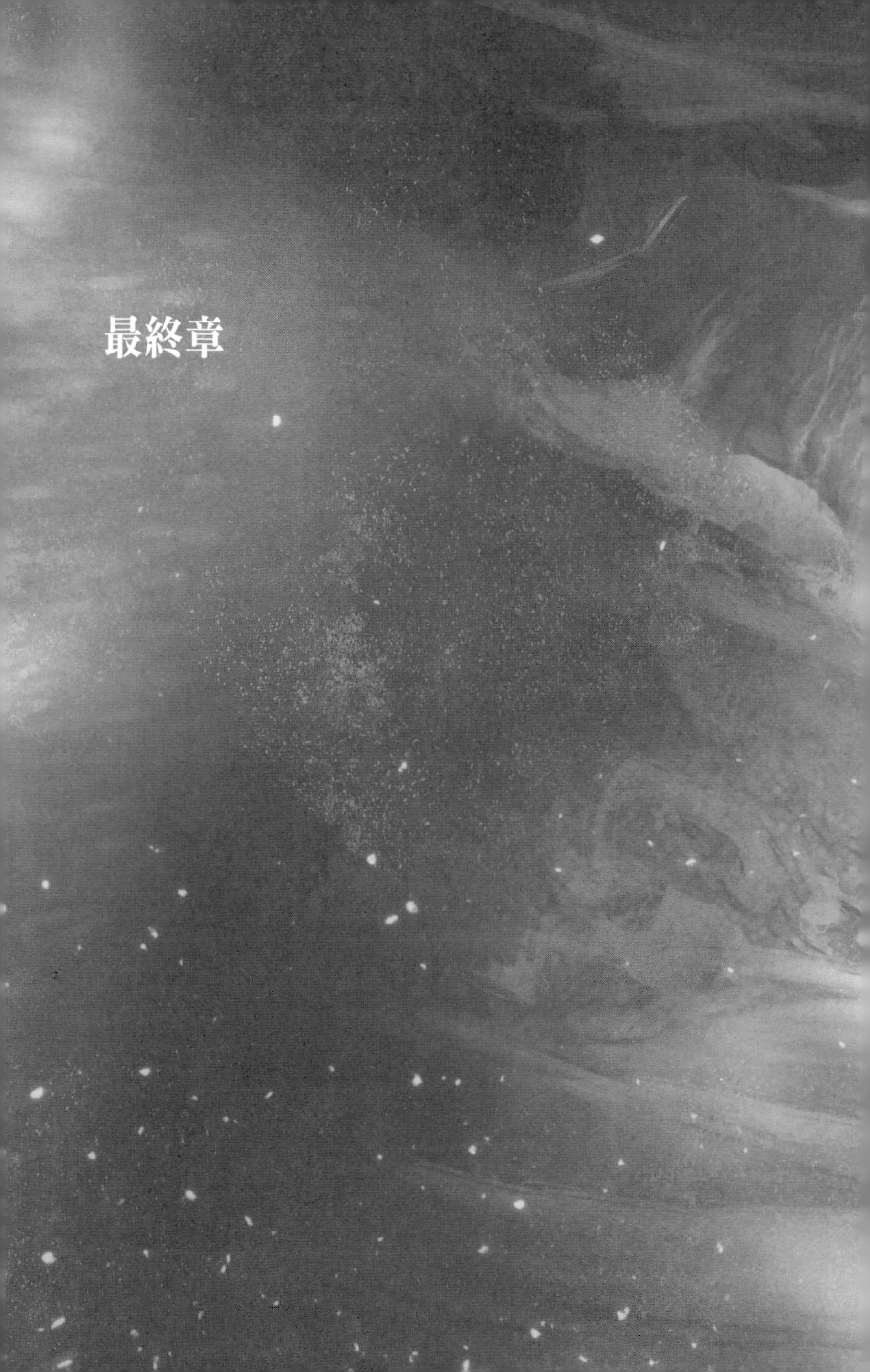

最終章

在朝陽下，一艘看不見的船安靜無聲地……然而以非常快的速度行進著。

這是我對船施加《隱身的話語》(invisibility)，並且由梅尼爾召喚風的妖精詠唱《順風》(tailwind)與《無聲》(mute)咒語的結果。

畢竟企圖讓《上王》復活的惡魔們也有可能另外派兵在河川上游監視人類出入這片地區。萬一我們在這種地方被敵人發現，讓特地安排的奇襲作戰白費也很愚蠢，因此在這方面我們做得相當徹底。

另外也有施展各種法術，使這艘逆流而上的船隻完全被隱藏起來了。

做到這種地步，除非是敵人使用包含《識破隱身的話語》(see invisibility)在內的多重對抗手段，否則不可能察覺我們的。

而且從惡魔陣營的觀點來想，河川上游方向應該不是需要耗費那麼多兵力進行監視的場所才對。

而我們一路逆流而上到現在，也確實都沒有感受到可疑的氣息或視線。

我想就判斷我們還沒有被惡魔們發現，應該是沒問題的。

……如果惡魔們其實已經發現，在前方設好了包圍網等待我們，到時候也只能笑說無可奈何並強硬突破了吧。

像這樣的互猜戰略，有點像是在一片濃霧中走動的感覺。

和將棋或西洋棋等等棋盤遊戲不同，我方無法察覺對手所有的行動。

只能盡量思考各種可能性，選擇可能性較廣的路，在濃霧中相信自己的決定往前邁進。

「真難啊……」

在霧中，我如此嘀咕。

現在這艘船就在一片濃霧之中。

——出船之後，我便向大家簡略說明了關於自己的出生等等事情。

大家雖然很驚訝，但都沒有懷疑我所說的內容。

畢竟我和這些成員之間都有一定的信賴關係，再加上我被人當成英雄看待，使得特殊的出生背景較容易被人接受。

尤其梅尼爾始終表現得很平靜。相對地，反應最大的人應該是祿吧。

雷斯托夫先生和葛魯雷茲先生雖然一開始眼睛都瞪得很大，不過聽我循序說明的過程中也漸漸冷靜下來。

然而當我講到關於不死神的那一段時，現場反應就完全反過來了。

祿因為知道我被不死神盯上的事情，所以聽得很冷靜，甚至還會幫我補充。

反而是其他三人由於不知道這件事，表現得相當驚訝。另外，大家聽到我說「不死神盯上了我，在這趟旅行中搞不好也會插手介入」之後，便紛紛皺起了眉頭。

這次的敵人已經有惡魔和龍，誰也不會希望再冒出更多對手吧。我也是一樣。

「…………」

哎呀，不過關於不死神斯塔古內特那方面，我想祂應該不會主動攻擊我們才對。雖然我很不情願……真的非常不情願，但畢竟祂似乎很中意我的樣子。雖然我非常不情願！

光是這樣想著，就有種那隻紅眼烏鴉不知會從何處飛來的錯覺，於是我趕緊甩甩頭。

將多餘的念頭甩出腦袋後，我望向眼前的濃霧。

「這是……《迷霧（maze fog）》吧。」

「是的。」

對葛魯雷茲先生的詢問，我點頭回應。

「守護魔法師們的《賢者學院（Academy）》、比《迷巷（maze alley）》還高等的魔法——我雖然聽過傳聞，但第一次看到啊。」

「哇……」

雷斯托夫先生面對未知的體驗，表現得稍微比平常多話。

祿甚至露出閃亮亮的興奮眼神。

「那不是最高等的魔法之一嗎？雖然我是知道我故鄉的大森林最深處有那樣的玩意，最高長老之類的應該會使用啦。但……又不是活了千年的精靈長老，而是壽命只有幾十年的人類竟然學會了這個魔法？還能活用？」

真的假的？梅尼爾如此詢問，而我也點頭回應。

是真的，而且那人在實戰中甚至會施展《存在抹消的話語》呢。

「我現在做一條通路出來，你們等一下。」

我說著，集中注意力。

從流動霧氣中的瑪那看出付在其中的《話語》，並解析文章結構，解讀文章脈絡。

——自從我出來到人類社會之後才知道，古斯的筆法其實有相當強烈的個人習慣。

以前被他教導的時候我還以為本來就應該這樣，但是來到外面世界接觸幾名正統派的魔法師時，他們細心又重視可讀性的筆法讓我著實感到驚訝。

該怎麼形容才好呢？

以程式來比喻，古斯寫出來的程式碼也不是說很髒很亂。反而應該說極為簡略而有效率，只是有點過頭了。

正因為是天才古斯為了自己方便使用而壓縮到極致的關係，所以可讀性非常差。

恐怕古斯根本沒有意思要讓自己以外的人看懂自己所寫的《話語》。

今天就算帶個相當厲害的魔法師過來，面對古斯的這片濃霧肯定也會抱頭苦思吧。

「嗯～……這個《話語》的配置是這邊，然後這個是這邊，所以……」

只不過，那樣的障礙對我而言是沒有意義的。

「照古斯的習慣，這裡會安排這個……這邊是這樣。然後讓人以為是這樣後在這邊設陷阱。」

我比劃手指，讓《話語》注入霧氣中適當的位置。

結果霧氣漸漸散開成隧道的形狀。

「來，我們走吧。」

這就像是打開自己老家的家門一樣。

我並不需要花什麼功夫。

穿過長長的霧氣隧道後，眼前豁然開朗。

清爽的一陣風吹過。

河流的上游是一片廣大的湖泊，沿岸可以看到一座石造的都市。

建築風格類似中古世紀，有高高的塔，還有美麗的拱門接連而成、類似高架渠的建築物。

……全部都是古老破舊的廢墟。

隨處可以發現建築物的屋頂坍陷，外牆的灰泥斑駁不堪。街道的石板縫隙間雜草叢生，綠藤與青苔到處攀爬、附著在屋子上。過去想必曾有人居住的城鎮，如今在一片青綠中宛如沉睡般慢慢腐朽。

陽光溫柔地照耀這一切。

「…………」

我的背脊不禁顫抖。

好懷念的風景。真的好教人懷念的風景。

我不知夢想過多少次自己可以回到這裡了。

細長的河船無聲地悄悄沿河而上，抵達清澈的水面在陽光下閃閃發亮的湖泊。

——前方可以看到一座小山丘。

山丘上有一棟古老的神殿遺跡，靜靜佇立在那裡。

還是和以前一樣，一點都沒變。

「啊……」

淚水滲了出來。

強烈的感情奔流讓我莫名揪住自己胸口。

「喂。」

我的背忽然被拍了一下。

「……梅尼爾？」

「你去吧。我們把船繫到岸邊再追上你就好。」

「啊……」

被他這麼一說，我再也忍不下去了。

「謝謝！」

大叫的同時，我從船上朝岸邊跳躍過去。

一口氣飛越好幾公尺落到岸邊，卻因為太心急而差點跌倒，趕緊調整姿勢——衝過懷念的廢墟街道。

快速奔跑。

兩邊風景以驚人的速度往後流動。

我跳過障礙物，氣喘吁吁地，像個小孩子一樣不斷奔跑。

漸漸接近神殿。

我衝上山丘。

「布拉德，瑪利，我回來了！等會再過來！」

向那兩人的墳墓匆匆忙忙打完回家的招呼並禱告後，便用力打開神殿的門。

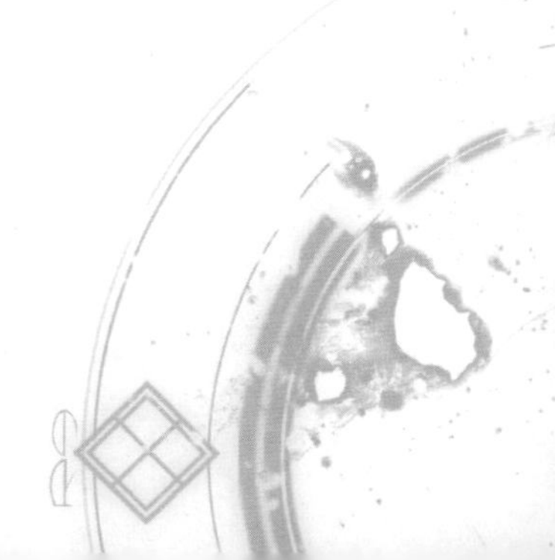

「古斯，我回來了——！」

……但回應我的卻是一片寂靜。

教人懷念的一尊尊神像依然和以前一樣，被天窗灑下的陽光照耀著。

神殿中非常安靜。

「呃、奇怪……？」

我左右張望。

環顧神殿內部，不斷呼喚。

「古斯……古斯？」

到哪裡去了？

古斯——？

「古斯，不在嗎……？古斯？」

一股不安頓時湧上心頭。

著急感讓我胸口一緊。

古斯？難道說——

「哇啊啊啊啊啊啊啊啊啊啊啊啊啊啊啊啊啊！」

嗚哇哇哇哇哇哇哇哇哇哇哇哇！

我背後忽然發出嚇人的聲音，害我當場跳了起來。

接著趕緊回頭。

「啊、啊、啊………」

「哈哈哈，你太大意啦！」

半透明的蒼白身影。恐怖的眼神，讓人感覺個性乖僻的鷹勾鼻。

套著長袍的模樣，依然和我心中的印象一致……

「唔……你回來啦，威爾。」

——古斯爺爺就在我眼前。

◇◆◇◆◇◆

一股暖意湧上我的心頭。

想到自己總算回到這裡，就讓我頓時變得不知道該說些什麼才好。

古斯擺出緩緩將手放到我雙肩上的動作。

當然，我和身為靈體的古斯並不能互相觸碰，但也許是我的錯覺，可以感受到他的手好溫暖。

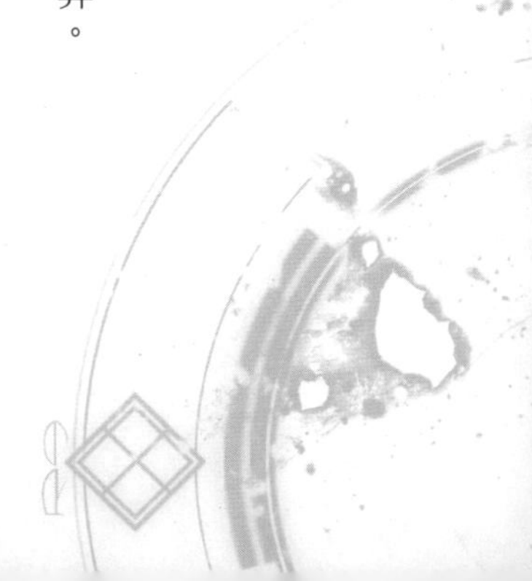

「威爾。」

古斯和我對上視線，露出嚴肅的表情——

「你可有賺到錢？」

「開口第一句就問那個嗎！」

他還是老樣子，講出來的話在各種意義上都很糟糕。

「就不會關心我平安無事之類的嗎！」

「吵死啦！你可是老夫和布拉德鍛鍊出來的！怎麼可能簡簡單單就喪命！在那點上老夫才沒有擔心過！」

一點都沒有擔心過啦！古斯又再強調了一遍。

不用你講我也知道啦，真是的！

「啊～是！我有好好善用經費，用錢滾錢啦。」

「咦！具體來說是如何！」

「……我是明白你很關心這種事，但為什麼要表現得那麼意外啊？」

「畢竟你個性上是個老好人，老夫還想說你搞不好會被人把錢都騙光啦。」

太過分了吧……哎呀，嗯，雖然我也覺得有那種可能性就是了。

「我想想喔～簡單列舉一下就是我投資了商會、港口、出租倉庫、鋸木廠、皮革加工廠、鍛造廠、陶藝窯……」

另外還有借貸資金給各村落購買農具或家畜，也有把錢投資在公共建設上。

雖然不到全部都賺錢的完美經營，但至少有好好讓金錢在運轉，古斯應該也會滿意才對……我這麼想著，並折指細數自己投資的事業。

結果古斯不知道為什麼張大了嘴巴。

「……怎麼啦？」

「你現在的工作到底是什麼？」

「呃～河川下游一帶的領主。」

「領……！」

「嘿嘿，你嚇到了吧？」

「唔……這樣啊。」

古斯忽然變得一臉同情。

「原來你被不知哪個貴族家的寡婦給吃掉了……真是可憐……」

「為什麼是以我被吃掉為前提啦！」

「若不是被吃掉，那就是沒落貴族家的次女吧？快要超過適婚年齡前的那段時期是最美味的。」

「不要講得那麼直接行不行！」

過分！實在太過分了！

……雖然我的確到現在還搞不太清楚要怎麼跟女性交流啦！可是也太過分了！

「不管領地或爵位，全都是我靠實力得來的！現在我可是名聲響亮的聖騎士（Paladin）啊！」

我得意地挺起胸膛如此說道。

短短兩年的時間就爬到這地位了，稍微向古斯炫耀一下我想應該也不為過吧。

而古斯在這點上似乎也為我感到讚佩的樣子。

「嗯，確實，在這麼短的期間內，真虧你年紀輕輕能夠不靠人脈就做到那種地步……」

「對吧？」

「那麼在感情方面又是如何？」

我不禁把視線別開。

「…………」

「…………」

——呃，怎麼說？嗯。

畢竟我可是把生涯都獻給神明大人啦。

而且是活在不斷戰鬥的命運中，何時會死掉都不知道啊。

所以、怎麼講、我覺得跟人結婚成家好像也不太好……

「簡單講就是你膽小，或者根本就沒有對象是吧？」

「…………」

古斯這句話直刺我的心。

「唉～……在歸返輪迴之前，老夫真想看看玄孫啊……」

「拜託你不要挖苦得那麼露骨好嗎！」

「沒想到孫子居然是連個女人都把不到的膽小鬼……」

「我、我我我才不是膽小鬼！」

「不是膽小鬼那是什麼？」

「純、純情男子！」

古斯「唉～」地刻意深深嘆了一口氣。可惡啊。

「明明布拉德在認識瑪利之前是個風流出名的男人，偏偏你在這部分就是不像他。」

「啊，原來布拉德很有異性緣嗎？」

「……那人的風流史可是很輝煌喔。」

「聽父親的戀愛故事只會讓人心情複雜而已，拜託你別講。」

尤其古斯講的內容跟碧的詩歌不一樣，而是他實際看過聽過的事情，所以我沒辦法用「反正只是傳承罷了」這種藉口逃避面對啊。

不過哎呀，雖然我也覺得「風流出名」這部分的確很符合布拉德的個性就是了。

「那傢伙只會對明白分寸的對象出手，對於愛作夢的少女則只會耍個帥氣讓對方作一場美夢就瀟灑離去。在這方面他就處理得很巧妙……值得你好好學習喔。」

「我就說我不想聽父親的戀愛故事啊！」

「哈哈哈！故意做別人討厭的事情實在愉快！」

「虧你是個賢者，從剛剛到現在的話題卻都是錢啦、女人啦、捉弄孫子啦，也太糟糕了吧！」

我和古斯鬥嘴到這邊，互看一眼。

接著兩人都忍不住噴笑出來。

而且越笑越大聲。

即使過了兩年，古斯依然是古斯。

這點讓我莫名感到開心——想必古斯也是一樣的心境吧。

「……話說回來，難道真的都沒個異性關係嗎？出去冒險總會遇到些什麼吧？像是……幫助淪落為山賊而不讓鬚眉的姑娘，瀟灑現身拯救讓護衛逃掉的冒險商人女性，或是結交到可靠的女劍客夥伴，保護禮節周到的亡國王族之類的。」

「…………」

「為何露出那麼微妙的表情？」

「…………那些，我遇到的全部是同性。」

古斯當場爆笑出來。

我和古斯聊了一段時間後，大概是將船繫到岸邊或拖到岸上放好的其他人也總算隨後跟來。

於是我在山丘上對大家揮揮手，招待他們進入了神殿。

因為我已經向大家說明過關於古斯的事情，所以梅尼爾、祿和雷斯托夫先生見到他也只有露出一臉「哦哦，就是這個人啊」的表情。不過……

唯獨葛魯雷茲先生一看到古斯就當場臉色大變。

古斯疑惑地歪了一下頭。

「嗯？你和老夫在哪兒見過嗎？」

「……旅行的魔法師大人，在下是兩百年前從那座山脈逃出來的傷兵。當時萬萬沒想到您就是那名聞天下的《徬徨賢者（Wandering Sage）》……」

「哦哦，那個乳臭未乾的傷兵。你老啦。」

「是的，在下已老。實在沒料到能夠再與您見面……」

我好奇問了一下才知道，古斯那三人在討伐上王之前，據說在路途上遇到了《黑鐵之國》逃出來的難民集團。

當時瑪利並沒有特別報上自己的名字，就盡她所能治療了其中受傷及患病的難民們。

而古斯和布拉德則是在一旁幫忙。

因為年紀尚輕、實力還不夠等理由而未能獲准加入君王隊伍的葛魯雷茲先生和古蘭迪爾先生，那時候正保護難民往北方移動。

在途中多次遭遇惡魔而戰鬥受傷的他們，就是被瑪利治好的。

這段故事的確很符合瑪利的個性。她的面容頓時湧上我腦海。

「多虧三位讓在下活了下來，如今能侍奉於新的君主，又得以隨同賢者大人的孫子威爾大人一起前往戰鬥。」

「唔，緣分實在奇妙，善哉善哉。」

「即便對手是龍，在下也絕不退縮。必定……」

「嗯？」

「？」

「…………龍？」

聽到古斯詢問，葛魯雷茲先生點頭回應。

結果古斯忽然全身顫抖起來。

「…………龍？」

然後他又緩緩看向我。

於是我也點頭回應。

「為什麼你不先告訴老夫這件事！」

「還不是因為古斯一開口就是錢啊錢的！」

我們立刻又吵了起來。

「居、居然是龍……難道是最近在吼叫的那個《災厄的鐮刀》嗎！」

「就是那個瓦拉希爾卡啦！」

「白痴，你們會死的！」

「就算那樣還是必須戰鬥啊！」

「必須戰鬥？你可是考慮過其他手段才得出這種結論嗎！」

「其他還有什麼手段嘛！」

「這個蠢貨！」

古斯的靈體高舉起手臂，對我大叫：

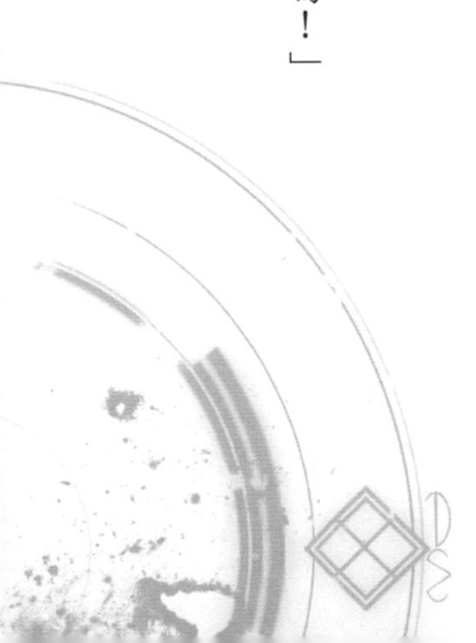

「你就不會想到要**籠絡對方**嗎！」

這點子我完全沒想過。

「攏、籠絡……？」

「從前神明們不是雇用過瓦拉希爾卡嗎……也就是說，靠錢或東西也是有可能解決問題的意思。」

聽到他這句話，大家都當場張大嘴巴……

「啊啊，這種思考邏輯，我有印象……」

「真巧啊，梅尼爾大人，我也有印象。」

「嗯。」

「是啊……」

大家不知道為什麼都露出感到有趣的表情，紛紛點頭。

老實講，被歸類到和古斯的同類會讓我莫名覺得難以接受啊。

「哎呀，雖然說要收買從神話時代就存在的龍想必很困難就是了……但總之你沒有必要局限於一種解決手段，應該隨時保持思考的柔軟度，不能讓視野變得狹窄。」

「是。」

話說回來，這種思考方式真的很符合古斯的風格。

非常像他會講的話。

這點讓我感到懷念，而莫名開心起來。

「咳……好啦，不好意思讓諸位見笑了。」

古斯接著清一下喉嚨，對大家露出笑臉。

「吾孫的友人們，歡迎各位來到這裡。」

那是他心情非常好的時候會發出來的聲音。

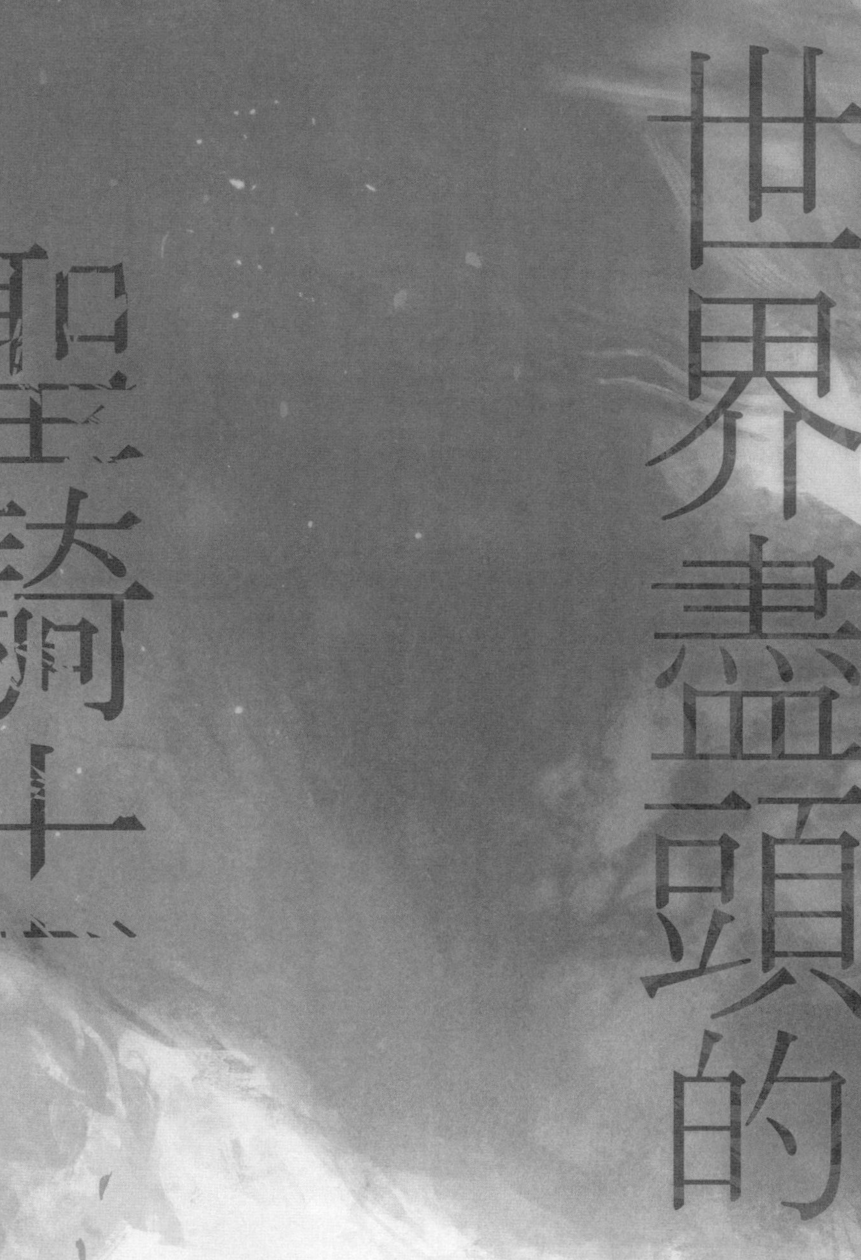
世界盡頭的
聖騎士

浮文字
世界盡頭的聖騎士 III〈上〉鐵鏽之山的君王
（原名：最果てのパラディン III〈上〉鉄錆の山の王）

著　者／柳野かなた　封面插畫／輪くすさが　譯　者／陳梵帆
榮譽發行人／黃鎮隆　總經理／陳君平
協　理／洪琇菁　國際版權／黃令歡、梁名儀
執行編輯／楊國治　美術編輯／李政儀
企劃宣傳／楊玉如、洪國瑋

出版／城邦文化事業股份有限公司 尖端出版
台北市中山區民生東路二段一四一號十樓
電話：（〇二）二五〇〇—七六〇〇　傳真：（〇二）二五〇〇—二六八三
E-mail：7novels@mail2.spp.com.tw

發行／英屬蓋曼群島商家庭傳媒股份有限公司城邦分公司　尖端出版
台北市中山區民生東路二段一四一號十樓
電話：（〇二）二五〇〇—七六〇〇（代表號）
傳真：（〇二）二五〇〇—一九七九

中彰投以北經銷／楨彥有限公司
（含宜花東）電話：（〇二）八九一九—三三六九
傳真：（〇二）八九一四—五五二四

雲嘉經銷／智豐圖書股份有限公司　嘉義公司
電話：（〇五）二三三—三八五二
傳真：（〇五）二三三—三八六三

南部經銷／智豐圖書股份有限公司　高雄公司
電話：（〇七）三七三—〇〇七九
傳真：（〇七）三七三—〇〇八七

一代匯集／香港九龍旺角塘尾道六十四號龍駒企業大廈十樓B&D室
電話：（八五二）二七八三—八一〇二
傳真：（八五二）二七八二—一五二九

馬新經銷／城邦（馬新）出版集團Cite (M) Sdn. Bhd.
E-mail：cite@cite.com.my

法律顧問／王子文律師　元禾法律事務所
台北市羅斯福路三段三十七號十五樓

二〇一八年二月一版一刷
二〇二一年十二月一版三刷

■中文版■

郵購注意事項：
1.填妥劃撥單資料：帳號：50003021戶名：英屬蓋曼群島商家庭傳媒(股)公司城邦分公司。2.通信欄內註明訂購書名與冊數。3.劃撥金額低於500元，請加附掛號郵資50元。如劃撥日起 10～14日，仍未收到書時，請洽劃撥組。劃撥專線TEL：(03)312-4212 ・ FAX：(03)322-4621。E-mail：marketing@spp.com.tw

國家圖書館出版品預行編目(CIP)資料

世界盡頭的聖騎士. III, 鐵鏽之山的君王 / 柳野かなた作 ; 陳梵帆譯. -- 一版. -- [臺北市] : 尖端出版 : 家庭傳媒城邦分公司發行, 2018. 2
冊 ;　公分
譯自 : 最果てのパラディン. III, 鉄錆の山の王
ISBN 978-957-10-7886-1 (上冊 : 平裝)

861.57　　106020499